Förfallet

Omslag: Sebastian Leinehed
Förlag: BoD – Books on Demand, Stockholm, Sverige
Tryck: BoD – Books on Demand, Norderstedt, Tyskland

ISBN: 978-91-7463-681-9

Det börjar med brevet från dig, det som flickan hittade på hallgolvet och tog med sig ned för repstegen. Det börjar med att jag öppnar det och att du frågar hur vi har det och att jag tänker att jag kan svara att vi har det bra. Det skulle vara det korta svaret.

Men det finns ett långt svar också.

SENHÖST

Vaknar till ljudet av regn och slägga mot sten. Det blir den blå regnrocken idag och brotta på flickan galon. På torget utanför köksfönstret lägger de nya gatstenar i jorden. Sten för sten och släggan som slår dem på plats. De rostiga räckena runt rabatten dras upp och läggs på lastbilsflak. Går upp innan väckarklockan har ringt. Står länge i duschen och låter de varma strålarna från plattan i taket skölja bort sömn och stjärndamm. Schampot hårstylisten sade skulle ge mig surfarhår. Balsamet som hör till. Vem är det jag försöker lura? Nytvättad frotté och blöta fotspår genom hallen ut i köket på matt ekparkett. Kaffet som precis bryggts klart. Hör flickan vända på sig i sängen. Ska väcka henne nu. Det kan bli en lugn morgon. Allt är fortfarande möjligt när jag öppnar dörren och går in till henne. Pussar henne lätt på den sovvarma kinden. Hon fäktar i luften till försvar men jag lyfter lätt hennes mjuka kropp ur sängen och lägger henne i soffan. Pyjamaströjan glider upp och jag borrar ner näsan i hennes degiga mage. Håller bebiskänslan kvar. Håller den kvar och känner den glida mellan fingrarna. Varje dag mindre kvar. Inne hos pojken är det inget kvar. På honom sticker benknotor ut och han ryms inte i min famn. Kan inte samla ihop honom som förut.

Medan de mornar sig dricker jag den första koppen kaffe och tänker att fem. Inte fler idag och gärna två kvar efter klockan tre. Du har slutat. Du slutade med kött. Du slutade med alkohol. Sedan slutade du med kaffe.

Isdrottningen kommer upp. Har lärt mig nu att inte svara. Hon passerar som en vålnad genom rummet och jag frågar inte hur hon har sovit. Som ett spöke men ändå går det som en störning i mitt elektriska fält. Hon gör det fortfarande med mig

9

långt efter att jag slutat göra det med henne. Det är en tunn vägg av gips mellan oss när hon spolar. Det står en kopp upphälld åt henne på köksbordet och hon tar den utan att se på mig.

Skär upp skivor av surdegsbrödet. Lägger till en påminnelse i kalendern att mata degen ikväll. Allt är fortfarande på allvar. Var kommer den tanken ifrån? Slår bort den och väljer den blå skjortan idag. Arbetsmöte med säljteamet. Nyrakad. Klippte naglarna igår innan jag gick och lade mig. Klipper dem igen. Pojken och flickan äter frukostmackor och medan smöret smälter borstar jag tänderna och kör två varv med tandtråden. Varsin hög rena strukna kläder på byrån framlagda sedan igår. De klär på sig och jag tar ner handdammsugaren från hållaren och rensar golvet från smulor.

Isdrottningen har klätt av sig. Hon går förbi mig naken och in i badrummet.

Dukar ut efter barnen och något skevar. Det är ljudet, en ojämnhet. Torkar av bordet med fuktig disktrasa och där är det igen. Ekbordet som vi haft i tolv år vickar. Femton kilo massiv ek på lika massiv ekparkett står plötsligt och vickar. Hukar mig ner. En knuff i sidan och där under bordsbenet ett par millimeter luft. Säger ingenting till henne om det.

Hon stänger av duschen och jag blir stressad och river av en bit kartong från lådan som böckerna kom i och skjuter in den under bordsbenet. Hjälper nästan och när hon kommer ut ur badrummet med en handduk virad runt håret och en annan runt kroppen står jag vid diskbänken och kramar ur trasan.

Hemresa från landet igår och första tvätten ligger redan i tvättmaskinen. Bara att sätta igång ikväll. Det blev den som klarar åtta kilo. Luckan av metall glänser. Det ingår i badrumsstädandet att torka av luckan, det har vi varit väldigt noga med att tala om. Luckan ska skina. Det funkade inte bra med den första kvinnan som kom så hon blev utbytt vi och sedan dess har det funkat riktigt bra. När jag går in i badrummet har golvet redan torkat upp. Vi har alltid golvvärmen på och jag säger alltid det på jobbet när någon ska göra om badrummen. Lägg in golvvärme, du kommer inte att ångra dig. Det är inte mycket som kan mäta sig med känslan av varma klinkerplattor under fotsulorna. Minimal fog mellan klinkerplattorna. Den polske plattläggaren svor och skickade oss en bild på hur ojämnt det skulle bli vid golvbrunnen. Den är ju dold under badkaret så vi vill ha minimal fog tack. En dag extra. Klinkerplattorna matchar perfekt de stora väggplattorna och under de första månaderna efter renoveringen när folk kom till oss sträckte alla, utan undantag, ut handen, alltid höger hand, och strök försiktigt över den spräckligt gråa ytan. Enorma kakelplattor på väggen. En fondvägg som går i samma ton som golvet och på sidoväggarna vitt standardkakel i halvförband. Att veta att de skulle gå hem och prata om att så skulle vi också ha gjort. Halvförbandet som blev det närmsta vi kom ett band mellan oss.

Det är en morgon i en barnfamilj och allting kretsar kring badrummet. Det är en morgon som är deras och det är en familj som är min.

Sedan är underkläderna är på och hon sätter upp ena foten på en köksstol. Hon är stekhet. Det sticker i fingrarna när jag ser henne rulla upp strumpbyxorna. Hon gör det för att jävlas med mig. Jag vet det. Jag låter henne. Ställer mig bredvid henne och vill röra vid henne. Hon slår bort min hand och frågar varför jag dammsuger när städerskan ändå kommer idag. Det är morgontid. Senare kommer det att vara kvällstid. Hon är en fantasi. Hon är stekhet. Man bränner sig på henne. Ärren blir kvar.

Hon går först. Vi går sedan och de vinkar inte när de försvinner bort i skolans korridorer. Så är morgonen avklarad. Det är som att dra upp ett blixtlås. Här på andra sidan knäpptyst. Stilla.

Har portföljen. Behöver den inte. Portföljen är tom men jag har sett i skyltfönstren att jag får en annan hållning när jag har den i min högra hand. Ser ut som en affärsman. Utan den åker axlarna fram och jag blir pojken som du lärde känna. Vi var tretton år då och det är tio, max femton år sedan. Ändå är vi fyrtio snart, först jag och sedan du. Det går inte ihop.

Hissen är snart uppe. Tittar mig i spegeln en sista gång. Rättar till håret och fixar kragen. Blicken. Sträcker på mig. Jag är oantastlig.

På väg till mitt skrivbord passerar jag rummet med pingisbordet. Det är släckt. Har varit på företaget i femton månader nu. Har inte spelat pingis. Jag är en ledare och jag måste vara en förebild. Över nittio procent av Sveriges befolkning känner till vårt varumärke. Vi har i allt väsentligt monopol på vår marknad. Jag är mellanchef här och utanför fönstret dånar ambulanser förbi och jag ser tjänstemän försvinna ner i rulltrappor och slussas in genom svängdörrar av glas. Jag spelar inte pingis.

Öppnar datorn. Läser mail. Kollar kalendern. Ser viktig ut. Höjer skrivbordet till ståposition. Tjejerna på marknad skrattar. Jag är redan på kopp nummer två.

Hemma igen. Byter om och ut och löptränar. Milspåret runt sjön. Ett distanspass. Måndag. På onsdag intervaller, fredag distans igen och söndag långpass. Däremellan alternativträning. Tar hand om min kropp. Ser bra ut i spegeln efter duschen innan den hinner imma igen. Dröjer med att sätta på mig tshirten men hon ser mig inte. Sitter högt uppe på barstolen med bekymmersrynka i pannan och ljuset från hennes datorskärm kastar märkliga skuggor över hennes kindben. Deadline imorgon. Deadline igår. Deadline på onsdag. Hon vandrar genom veckan längs med en dödslinje. En balansakt på stilettklackar med håret i stram fläta och pennkjolen som ett skruvstäd.

Flera timmar senare när alla sover vaknar jag och går upp. Klockan är tre och månen lyser in genom fönstret diagonalt över köksbordet. Tar fram vattenpasset ur verktygslådan som står i skåpet i köket. Allting tyst och försiktigt, vill inte riskera att väcka någon nu. Kryper in under bordet och lägger vattenpasset mot golvet. Luftbubblan i det gröna plaströret ligger helt stilla precis mitt emellan de två strecken. Flyttar runt vattenpasset ett par gånger men ingenting. Det visar ingenting. Likväl vickar bordet. Stryker med handen över golvet som för att försöka känna en välvning som vattenpasset inte upptäckt. Som om min hand vore ett finare instrument.

13

99 Skosnöret

En morgon utan regn. Slägga mot sten. Gatsten i jord. Öppnar fönstret och känner nyregnad lukt från igår som dröjer sig kvar. Sten. Slägga. Sten. Planteringshål där magnolia, körsbär och rönn ska komma på plats när vi tagit oss genom vintern och våren fått dra tjälen ur marken.

Köksteven levererar en dos morgonnyheter på låg volym. Stiltje på bostadsmarknaden. Bomber över civila och skolministern avgår.

Hon lämnar dem idag. Drottning av is. Skyndar mig iväg för att inte dras in i det. Gör det sista i hallen, skorna, nyputsade. Ser min spegelbild i det blanka lädret. Knyter. Det brister. Halva skosnöret i handen, andra kvar i skon. Tänker på daggmasken som vi trodde levde även om den delades i två. Tiden som delades i två. De vuxna tog ifrån oss det. Dödade myten om den odödliga daggmasken. Ingen väg tillbaka sedan. Tiden som sträckte ut sig framför oss i all evighet. Tiden med fullständig inblick i daggmaskens sanna anatomi. Den där bakkroppen inte kan leva vidare utan framkroppen. I ena änden nervknuten, i den andra inget mer än en bit tarm.

Skosnöret delat i två fungerar ungefär lika dåligt. Tar ur klädkammaren lådan med nya skor. Femte paret. Har bara ett par kvar nu. De gamla i sopnedkastet på vägen ner. Taxi genom stan. Lyftkranar nere vid vattnet monterar ner konstruktioner som stått i decennier. Provisoriska gångbroar och berget som blottas. Samma i city.

Ett helt team av jurister. De röjer inte en min under min dragning av de nya avtalen. Fyrtiofem minuter pratar jag rakt in i en vägg av likgiltighet. Har det här. Är sval. Inte en svettfläck på den vita skjortan. Slips idag. Knuten perfekt. Håret perfekt. Släppt daggmasken utanför dörren in till kontoret. Ändarna kan ligga och vrida sig under lång tid.

Bjudlunch. Asiatisk fusion. Växer i munnen. Femte den här månaden och vi är halvvägs in. Tar notan. Mitt representationskonto långt ifrån förbrukat. Skakar hand, ler, tackar trots att det är jag som stått för både arbete, underhållning och mat. Inne på kontoret igen, inne på toaletten, hänger av mig kavajen på kroken på insidan av dörren. Upp med skjortärmarna och kallt vatten på handlederna. Blicken i spegeln någon annans. Tömmer lungorna. Släpper axlarna. Tre minuter. Hjärnan i friläge. Blundar. Ser stram fläta, pennkjol, naken fru, påklädd fru, stela jurister, vickande köksbord, taxi, lyftkranar. Tiden slut. Knäpper manschettknapparna. Blicken min egen igen.

Skjutsar pojken till fotbollsträningen. Pratar bilar och aktier med de andra fotbollspapporna. Pojken som söker min blick från andra sidan planen. Bekräftar med blick tillbaka.

Hon har gjort skaldjurspasta men hon och flickan har redan ätit. Pojken vill inte ha. Medan han duschar steker jag en hamburgare åt honom samtidigt som jag slevar i mig av pastan. Konstgräsgrus som fastnat mellan tårna sköljs bort i schamposkum och försvinner ner i avloppet och vidare mot reningsverket på andra sidan kanalen.

Hon frågar inte hur jag haft det på jobbet. Jag frågar inte hur hon haft det. Hon sover med bettskena. Hon sover med mask för ögonen. Hon sover med extra dämpande öronproppar. Jag

15

sitter uppe i nästan två timmar efter att hon lagt sig. Min sida av sängen kall men inte lika kall som hennes.

Vaknar två timmar tidigare än jag behöver när mer gatsten levereras i stålcontainer som sätts ner och möter asfalt. Inte värt försöka somna om. Går upp. Går igenom kalkylarket en fjärde gång. Justerar formlerna. Lägger till diagram. Byter rubrik. Byter tillbaka.

98 Låset

På kontoret. Marknadschefen som inte kan sin marknad håller låda i köket och marknadstjejerna skrattar. Varför är det alltid fel personer som blir befordrade? Och jag kvar i mellanchefsträsket. Klämd mellan en sten och ett hårt ställe. Som han den där klättraren som fastnade och fick amputera sin egen arm. Stannar upp. Ser framför mig kontoret nedsprutat med mitt blod som pulserar ur öppningen där jag karvat loss min vänstra arm. Bara står där och tittar medan livet pumpar ur mig i sjuttiofyra slag i minuten. Segnar ner. Ingen märker något. Ett skal tömt på fem liter syrerikt blod. Sjunker ner genom heltäckningsmattan och är borta.

Så knackar någon mig på axeln. Läget? Bra. Hämtar en kaffe. Hämtar en ny anteckningsbok. Går in i möte utan agenda. Hör kollegor instämma med föregående talare. Instämmer. Tar på mig action points. Genomför action points innan lunch. Snabbt pass i gymmet. Trettio minuter mjölksyra. Min fru borta i hörnet vid kettlebellsen? Flätan, baken, musklerna som flexar över skuldrorna. Hon vänder sig om. Tjugo år yngre. Jag stirrar för länge. Inte hon men pirret alldeles för långt ner. Börjar varmt i duschen. Sedan kallare och kallare tills det knyter sig i andningen. Eftersvettningen i kön till food trucken. Mexikanskt. Äter framför datorn.

Det nedre låset i ytterdörren kärvade när vi skulle iväg imorse. Fick inte igen det och nöjde mig med att låsa det övre låset. Tänker på det nu. Funderar på villkoren i hemförsäkringen. Om den gäller med bara ett lås låst. Om det är lättare att bryta sig in nu.

17

97 Stormen

Fritt fall flera hundra meter. Där nere ön. Pojken fäller ut fallskärmen och landar bakom ett skjul. Springer. Hugger med yxan. In, öppnar låda, kulsprutan. Ammunition. Hör skott i fjärran. Hundra från början, redan nere på nittiotre. Sju döda. Hukar och väntar. Stormen kommer närmare. Gör kaffeved av skjulet och har nu trä. Springer runt kullen. Längre bort staden. Ser de andra bygga fort och explosioner. Sjuttiofem. Blir träffad bakifrån. Flyr i panik. Hukar bakom en utbränd bil och dricker en flaska blå dryck. Återställd. Stormen är här men det går inte att ta sig längre in nu. Den ilskna vinden river och hälsan sjunker snabbt här ute. Måste till slut chansa om inte vädret ska bli bödel. In mot mitten som en gladiator. Bygger snabbt upp fyra väggar och en ramp. Upp på rampen. Hukar. Siktar. En död. Trettiosju. Vill ned på ensiffrigt men oddsen är höga. Väntar. Låter de andra reducera. Ute. Kan springa på vattnet men måste hoppa i rätt takt för att få till det. Pustar mot bergvägg. Sjutton kvar. Stormen igen. Staden runt hörnet. Krypskyttar på taken till de utbombade matbutikerna. Springer. Skotten slår ner i asfalten framför, bakom, bredvid. Inne i butiken. Hyllor som vält och krossade glasburkar på golvet. Tappar fokus för en sekund och det är över. Han gömde sig bakom kassadisken. Slutar elva. Besvikelsen.

Fritt fall igen.

Låter honom spela för länge. Det kan inte vara mitt fel att bordet vickar men hon har upptäckt kartongbitarna som jag stagat upp det med och har stängt in sig i sovrummet. Förbannad. Ska det vara så mycket begärt att ha ett perfekt hem? Tar fram mattkniven. Lyfter bordet och skär till kartongbitarna så att de inte sticker ut men det är alldeles för sent. Hur länge hon kan vara där inne slutar aldrig att förvåna mig.

Pojken berättar att han läst om en kille som satt och spelade samma spel när en tornado svepte in i området. Det var inte förrän taket på grannhuset blåste av som han satte sig i skydd i källaren. Fortsatte spela och vann. Nittionio döda och ensam kvar. Kom upp och hela huset borta. Resten av staden en hög av brädor och remsor av korrugerad plåt.

På fönsterbrädan bakom soffan ligger en trave utlästa böcker. Utlästa av mig. Isdrottningen förstår sig inte på mina val. Sorterar in dem i bokhylllan. Vit på översta raden, sedan gul, orange, röd, rosa, grå, ljusblå, mörkblå, grön, svart. Flesta vita och svarta och däremellan en regnbåge.

Bland de röda står diktboken jag lånade av dig och aldrig lämnade tillbaka. Det var den dagen du räddade mig första gången. Jag hade inte förstått hur allting fungerade ännu och tog till vänster utanför slöjdsalen, genom glasdörren med splitterskydd och in i korridoren utan fönster. Såg inte att de satt där på bänken bortanför de sönderskarpade skåpen. När de reste sig upp, luvtröjor, bylsiga jeans och burkar med tändargas, var det egentligen för sent. Nykomlingen som skulle märkas. Som skulle få lära sig var gränserna för reviren gick. Dubbelt så långa som jag. Skuggorna från lysrören som slukade min när de tryckte upp mig mot väggen. Lukten av tändargas ur deras munnar och ljudet när fällkniven öppnades. En centimeter från min kind. En sekund till och ärret som aldrig skulle gå bort. Det var då du öppnade glasdörren. Det var din röst som ropade mitt namn. Sedan sprang vi.

19

Sparkar ifrån mot kaklet och glider genom vattnet så länge jag kan. Här under ytan tyst. Låter dagen ta sin början i en blå värld som luktar klor. Upp. Tre tag och sedan andas. Vänder och glider. Imfria simglasögon. Näsklämma för att slippa kallsup. Aquadynamiska jammers som ett andra skinn. Handen skär genom ytan. Sträcker ut långt. Ner mot höften och hittar draget. Paddlarna ger mig extra tryck. Bubblor när jag tömmer luft. Vrider upp och hämtar ny. Hinner se klockan. Sista hundra på en minut och trettio sekunder.

Räknar till tjugosju tatuerade män i omklädningsrummet. Namn på barn. Fruar. Dödskallar. Blommor. Fyrtio två komma två. Tribals som bleknat. Tribals som fyllts i. Hittills går allt bra ville jag skriva. Höger underarm. Skulle inte sagt något till henne. Omöjligt efter den blicken. Skulle ha gjort en stekhet isdrottning istället. Inuti ett hjärta av eld och frost.

Den äldre mannen med skåpet bredvid mitt ber mig om hjälp. Når inte upp till översta hyllan där han lagt sin keps. Tar ner den åt honom. Boxershorts på. Jeansen. Tittar på mig själv i spegeln tre meter bort. Spänner ryggmusklerna på sidan när jag drar upp byxorna. Ränderna där nedanför in mot revbenen. Framsidan. De sneda magmusklerna som försvinner in under kalsongkanten. Som en väg mot horisonten i en perspektivmålning. Den äldre mannen lägger mödosamt upp kepsen på den översta hyllan igen.

Lämnar in lönelistan till ekonomi. Allt precis på budget. Ritar vidare på den nya organisationskartan. Flyttar runt folk som pjäser på ett schackbräde. Håll dem högt sa coachen. Låt medarbetare ta ansvar för sig själva. Flyttar om igen. Fem i varje team och dubbla kompetenser för att undvika personberoende. Två kvar. På bänken. Schack matt.

När pojken och flickan somnat gräver jag i klädkammaren efter säsongskläder. Väderomslag imorgon. Lyfter undan lådan med mina gamla skolpapper och botten går ur. Teckningar, skrivböcker, rutade matematikblock och halvt ifyllda stenciler flyter ut på golvet. På huk borta i nostalgi tills hon tornar upp sig bakom mig och frågar vad jag sysslar med. Rafsar ihop allt och trycker ner det i en papperskasse. Någonting kvar på golvet. Ett brev från dig fjorton år gammal. Du skriver om Beverly Hills, Oasis och en kille från konfirmationslägret. Sparar brevet och bär ner kassen och den trasiga lådan till pappersinsamlingen.

Tagit fram överdragsbyxor och de varmare skorna till barnen. Allt är förberett inför morgonen. Ser fjärde delen av en apokalyptisk serie innan jag går och lägger mig.

95 Cykeln

Sista chansen med cykeln för säsongen. Hjälmen, handskarna, byxorna med vadderad bak, solglasögon, vita strumpor i cykelskorna. Alltid vita strumpor i cykelskorna. Lyfter ner cykeln från krokarna. Benet över ramen. Klicket när fästet i skon möter fästet i pedalen. Stenhårt pumpade hjul. Släta däck. Minimal sadel. Rullar och växlar upp. Adrenalinet redan smygande. Ådrorna i underarmarna som tunna rep under huden när jag kramar styret. Tio centimeter höjdskillnad mellan sadel och styre. Elva procent fett. Resten ben, titan, muskler, kolfiber, hjärnvävnad, gummi, blod.

Stadsbebyggelse bakom mig. Framför landsväg som sträcker sig ut och bort. På sidorna träd som krampaktigt håller kvar sina sista löv. Fartvind river i kinderna. Ökar hastigheten i en lätt krökt nedförsbacke. Får möte med en silvergrå stadsjeep. Han lägger sig långt in i körbanan för att markera revir och jag kommer farligt nära vägrenen. Baksuget. Vinglar till. Mer adrenalin. Stadig igen och mer tryck på pedalerna. Tryck nedåt och så draget upp genom skon. Foten ett med pedalen. Baksida lår vilar. Framsida lår vilar. Drivet runt hela varvet och bålen spänd. Raksträcka och inte en bil i sikte. Medvind som släcker ut suset. Tystnad. Och så skramlet. Vibrationen. Asfalten flyter slät under mig som ett hav av bitumen och krossad sten. Ändå någonting som rör sig. Sadeln som inte vill vara stilla. Bromsar och kliver av. Står först där. Tallar. En spillkråka som enträget hackar ut ett bohål i stammen tio meter ovanför.

Lyfter sex kilo cykel. För lätt för att få tävla med. Har trimmat och justerat. Ett halvt kilo under gränsen. Nu hänger sex kilo landsvägscykel på min arm och någonting skramlar. Vevar runt tramppartiet med den andra handen. Kedjan drar runt bakhjulet. Kisar och måttar mot bakgrunden. En ojämnhet. Inte en cirkel. Ställer ner cykeln och håller fast bakhjulet mellan benen. Drar försiktigt i sidled. Det sitter inte fast. Sitter upp på den igen. Rullar försiktigt ett tjugotal meter. Växlar upp och ökar farten för att testa. Smällen kastar mig ner i diket och jag drar cykeln över mig. Barr som tränger in genom tröja och hud. Hjälmen sprucken mot en sten och på båda knäna blöder skrubbsår. Kommer loss ur pedalerna och ställer mig upp. Känner efter. Inget brutet. Bakdäcket gapar öppet och kedjan har gått av. I smällen eller i fallet? Omöjligt avgöra. Fem mil hemifrån i skor som inte går att gå i.

Så kommer den silvergrå stadsjeepen tillbaka. Han stannar. Kliver ur. Gummistövlar och fasanjägarjacka. Bredrandiga manchesterbyxor och magen glipar fram mellan knapparna i skjortan som är knäppt halvvägs upp. Scarf. Han tar cykeln på takräcket och skjutsar mig hem. Hela vägen hem. Baksätet fullt med böcker. Verkar vara ett uppslagsverk. Nationalencyklopedin? Blå pärmar.

I bilen berättar han om sin fru som blivit sjuk. Började som en vanlig förkylning men nu har hon varit sängliggande i veckor. Svarar knappt längre när han frågar henne om hon är hungrig. Han är arg när han berättar om det. Han är arg när han berättar att det är deras fel. Han är arg när han förklarar för mig att det är så här det går när man låter bönder flytta in till städerna. De tar all möjlig skit med sig säger han. De tar allt möjligt med sig som vi inte vill ha här.

Släpper av mig utanför porten och hjälper mig lyfta ner cykelvraket. Förbereder mig för att tacka men han spänner blicken i mig. Så brister han ut i skratt. Är borta igen innan jag hinner ändra mig.

Sätter mig på bänken bredvid porten. Cykeln lutad mot husväggen. Trettiosju år.

Sju år och har ropat på pappa som kommer ut på balkongen. Kedjan har hoppat av och jag behöver hjälp att få på den igen. Han kommer ner. Medan jag väntar lånar jag bästisens hoj och kör ett varv runt gården. Är inte där när pappa kommer ner för att hjälpa mig. Tajmar fel. Han blir sur och går upp igen utan att fixa min kedja.

Sjutton år och hon ringer och frågar vad jag gör. Pappa meckar med cykeln och jag svarar henne att jag meckar med cykeln. Det är söndag. Som om det vore något jag brukar göra. Som om jag visste hur man gör.

Tjugosju år och sitter längst fram på en tandemcykel. En ö i medelhavet utanför staden med kanaler istället för gränder och solen steker snett bakifrån. Stannar vid en avlägsen strand och vi svalkar oss i havet. Äter mozzarella och tomater i skuggan bakom en husvägg innan vi fortsätter.

Cykeln ett vrak nu. Ställer in den längst in i cykelrummet.

Svårt somna när jag lagt mig efter att ha duschat och gnuggat ur skrubbsåren. Blundar och hör väckarklockans tickande. Ett annat ljud är där också. Spillkråkan som fortsätter sitt enträgna hackande. Spillkråkan som bygger bo.

94 Regnjackan

Hoppar av bussen en hållplats tidigare och går genom parken. Kala träd och fontänen är tömd. En hjullastare lyfter undan betonglejonen. Förbereder inför isbanans återuppståndelse. Paraplyer och ringar på ytan i vattenpölarna. Sprider sig och dör ut och nya som bildas när regndroppar landar. Byggarbetare med tomma blickar fortsätter det ändlösa nedmonterandet av finanskvarteren.

Förra våren. Flickan som ville se körsbärsträden blomma. Solig majlördag, ljuset silat genom en rosa havsyta. Vi som tropiska fiskar därunder. Förundrade. Flickan som inte kunde sluta ta bilder med min telefon. Reflexen sedan i kameralinsen som en fläck. Att inte kunna tvätta bort den. Att inte kunna göra hennes foto perfekt. Hon skrev ut det sedan och fäste det med häftmassa på väggen ovanför sängen. För att få sova under rosa himmel hade hon sagt den kvällen. På morgonen hade det släppt och låg inkilat under sänglådan. Kvar på väggen ett flottigt märke.

Hänger av mig min regnrock i kapprummet. Tagit den bruna idag. Isdrottningen tyckte jag var en idiot som först lade tvåtusen på en regnrock och sedan tvåtusen till på en andra färg. Förstod inte värdet av att kunna välja. Vid kaffemaskinen träffar jag en av de nya säljarna som började igår. Han pekar på min axel. En mörk fläck på den vinröda skjortan. Blöt. Går tillbaka till kapprummet. En reva i regnjackan där vattnet letat sig in. Fransiga trådar av vit väv sticker ut genom det glansiga ytskiktet. Tvåtusen spänn. I änden av kapprummet en helkroppsspegel. Ser mig själv i profil. Ett sting av raseri sveper hastigt genom min kropp och lämnar den lika fort. Sliter ner regnjackan och trycker ner den i soptunnan av metall bredvid spegeln. Lägger locket på. Lite för hårt och det är som att slå på en gonggong. Rond ett är över. Tar ut tandskyddet och sniffar ammoniak. Tänder till igen och redo för fight. Ser mig själv rakt in i ögonen. Så mörkt att pupillen inte går att särskilja från iris. Som en brunn rakt ner genom berggrunden.

Äger mötet sedan. Tar tidigt pennan och ritar boxar och pilar. En streckad linje för att separera ansvar. En matris som förenklar ett komplext mönster. Modeller som gör tillvaron begriplig och som reducerar bort detaljer. Metoder för att filtrera bort emotionella argument och säkerställa att besluten tas på rationell grund. Säljchefen klappar mig på axeln på vägen ut och tackar för bra möte. Röda framgångsbyxorna är på.

Passerar stängslen utanför vårt hus på vägen hem, läser på skylten tillsammans med pojken. De ska bygga igelkottshus här också, mellan körsbärsträden och magnolian.

93 Blodstenen

Springer långa slingan i skogen innan frukost, ingen snö än. Terrängskorna mot sågspån, rötter, sten. Lätta steg ut i ljungen förbi lergropen och tillbaka in i spåret. Timmerhögen och ut på kalhygget. Hög höstluft och myller av svamp. Svänger förbi jakttornet och kilometerlånga raksträckan framför mig. En röd fläck femhundra meter längre fram. En rödmålad sten som sticker upp. Rödmålad för att varna löpare och cyklister. Var där i somras med pojken och flickan och jag drog den ur jorden som kung Arthurs svärd ur stenen. Blodstenen kallade barnen den. Slängde den på sidan. Nu närmar jag mig den och pulsen klättrar. Någon har satt tillbaka den och jag minns att jag tänkte tanken. Att det här är inget som ska störas. Att jag vände mig om i en hundradels sekund och såg ett skogsrå med anklagande blick. Att jag hade svårt att somna den kvällen och såg troll och svartalver färga stenen röd med blodet rinnande ur strupen på ett offrat rådjur.

Det går en ilning när jag passerar blodstenen. Jorden är färsk där den skär ner i marken. Strax innan föreningsstugan har ett träd knäckts och ligger tvärs över stigen. Tror först att den fransiga brottytan är fjädrarna på en tjäder. Inte förrän jag kommer nära inser jag att jag sett fel.

Dagen inbäddad mellan de dubbla träningspass min personlige tränare lagt in i schemat. På kvällen teknikträning i bassängen timmen innan simhallen stänger. Pressa bojen sade han. Tänk på att pressa bojen. Mina lungor bojen som bär och resten av kroppen som ett sänke. Pressa ned bojen så lyfter höft och ben. Simma genom hålet i vattnet. Passera genom nålsögat. Längd efter längd letar jag efter känslan av att simma i nedförsbacke. Att simma nedåt mot djupet dit inget ljus når. Att få möte med håkärringen. Nordens största och ensammaste haj. Flickan hade varit otröstlig den kvällen efter att vi sett dokumentären om håkärringen som på många hundra meters djup lever i upp till fyrahundra år. Största delen av tiden helt utan sällskap, ätande as som valfångstfartygen lämnat efter sig.

I vändningen känns något konstigt mot fotsulorna. Gör nästa längd ofokuserad och armtagen är stressade på väg tillbaka. Stannar vid kanten och går ner under ytan. Där i fråntrycket har en kakelplatta lossnat och singlat ner till botten. Lägger handen mot det gråa skrovliga bruket. Andas ut genom näsan och följer bubblorna som virvlar upp till ytan med blicken.

Håkärringen är en av de mest köldtåliga hajarna och jag värmer mig länge i bastun efteråt. Häller en skopa vatten på de heta stenarna. Gnuggar svetten ur ögonen och en av dem lyser blodröd i bastumörkret. Gnuggar igen och det röda är borta men på vägen hem kan jag inte sluta tänka på att blodstenen jag lyfte undan i somras är tillbaka.

92 Salladen

Grönsakerna uppradade på diskbänken. Skålen vi fick i bröllopspresent av hennes kusin. Står med förkläde och hackar. Pojken och flickan har fått sin middag och nu gör jag i ordning salladen vi ska äta medan de ser klart filmen. Vinet på luftning. Hon ligger i badet med dörren låst och jag hör Debussys Nocturnes genom ventilen. Färsk mynta i kruka. Jordgubbar och mangold. Långa pianofingrar som med elegant precision träffar pianotangenterna. Smeker dem. Hon vilar sitt långa nakna ben på badkarskanten. Lutar bak huvudet. Kramar ur tvättsvampen och skummet rinner nerför hennes hals och möter vattenytan.

Krossar cashewnötter mot skärbrädan med handtaget på kniven.

Hon pressar skuldrorna mot badkarets emaljerade insida och häver sig uppåt. Brösten som bryter igenom det heta badvattnet och stearinljusen som flämtar till. Hon vet att jag ser henne genom gips, reglar och kakel. Hon vet att jag känner henne genom låsta dörrar och under badskum.

Vänder runt salladen och häller i nötkrosset. Skär tunna slantar av morötterna.

Nu drar hon ur proppen och vattnet som har fått omfamna henne virvlar ner i avloppet. Hon sitter kvar naken en stund i det tomma badkaret. Öar av skum kvar på huden. Duschar bakom genomskinligt draperi. Mina ögon når dit om jag blundar.

Helvete.

Nötterna jag just vänt ner i salladen ska vara i en skål bredvid och jordgubbarna som jag skurit i tärningar ska vara hela. Tappar kniven. Den landar precis mellan mina fötter och ställer sig i parketten som ett spjut. Slår bort tankarna på henne mellan lakan när pojken och flickan somnat och ställer in mig på det raseri jag vet är ungefär tio minuter bort.

91 Lukten av storstad i sommarhetta

Lukten av storstad i sommarhetta. Sötma, matos och jasmin i allén. Hon i bred halmhatt och en drink i handen. Ett annat liv. Hur vi stått på trottoaren när vi klivit av bussen från flygplatsen och bara stirrat upp längs med en husfasad som aldrig tog slut. Välvde sig in över oss. Hittade det gömda hamburgerhaket och de hade kunnat servera oss vad som helst. I parken underhöll en äldre man med enorma såpbubblor. En klunga barn förtrollade av hans konster. Baseboll och fiket från teveserien. Sälar mitt i staden och jag var tvungen att filma under löpturen den andra kvällen för att kunna se sedan att det verkligen hänt.

Vi köpte presenter till pojken och flickan i den tio våningar höga leksaksaffären och såg hur polisen försökte övertala en man att inte hoppa från en bro. Gick innan det var klart. Ensamma på båttur längs med floden och högst upp i skyskrapan när solen passerat horisonten. De elektriska ljusen som ett lapptäcke.

Trötta fötter i kingsizen efter elva timmar längs avenyer, via tvärgående streets och över broar. Hon i duschen bakom frostat glas. Vi låg med varandra innan middagen som om vi var sjutton år igen. Jetlagen kom in med dessertvinet och vi sov i tolv timmar i hotellakan medan staden som aldrig sover fortsatte att pågå utanför vårt fönster.

Vart tog vi vägen?

Här känner jag inte lukten längre. Här är husen fem våningar höga och efter klockan nitton är allting stängt. På inflygningen hem från strategimötet med koncernledningen bläddrar jag förstrött i magasinet jag hittat i stolsfickan framför mig. Här finns ingen skyline att försöka ta in och i taxin frågar chauffören mig om jag vill ha radion på men jag svarar inte.

Strax innan vi rullar in genom tullarna passerar vi det stora nybyggda sjukhuset som de håller på och bygger om igen. Misstag som ska rättas till och feltänk som ska tänkas om. Operationssalar med skyltfönster och liverapportering i sociala medier från läkarronderna på intensivvårdsavdelningen.

90 Takkronan

Hon har bråttom iväg och smäller igen ytterdörren. Takkronan gungar till på sin krok. Lugnar sig men får oväntat fart igen och hakar av. Glassplitter, träflisor och barnskrik i en röra. Kvar för mig att reda i och tiden att hålla. Röjer ned allt i en sopsäck som blir kvar i hallen när vi hastar iväg. Låset som fortfarande kärvar och ut genom porten tre minuter efter schemat. Skär kurvan innanför den stora blomkrukan vid parkeringen och flickan snubblar till men jag får fatt i henne. Bussen som får bromsa tvärt när vi störtar ut över övergångsstället. In över skolgården och lämnar grinden öppen bakom oss. Klockan ringer till lektionsstart samtidigt som flickan kliver ur skorna i kapprummet och jag säger åt henne att springa in. Hänger upp ytterkläderna på hennes krok sedan och går förbi pojkens kapprum. Skorna på hans hylla får räcka som försäkran om att han kommit på plats men ändå sedan den där känslan i magen. Att faktiskt inte veta säkert.

I tid till mötet på kontoret sedan men utan marginal. Säljchefen som berättar om hur han fortfarande vänjer sig vid att samarbeta med män här. Under hans år österut var det enklare. Där kunde man räkna med folk säger han. Här ska män av någon anledning envisas med att engagera sig i både jobb och familj och vem vinner egentligen på det. Blir det inte bara två halvmesyrer av det hela undrar han och skrattar så att vi andra tvingas skratta med. Idag har han hängslen på byxorna. När han vänder sig om mot diagrammet han projicerat på väggen får jag stålsätta mig för att inte sträcka mig över bordet och knäppa loss dem. Att se hans förvånade min efter snärten mot bakhuvudet. Vad skulle det vara värt?

På kvällen föräldramöte i pojkens klass. Alla är eniga om att barnen inte ska ha mobiltelefoner i klassrummet. Alla är lika eniga om att vi självklart inte kan förbjuda dem. Utan att någon riktigt förstår hur det har gått till är vi sedan inne i en diskussion om vilka dagar läsläxan ska vara till. En pappa låter meddela att onsdagar inte är en bra dag eftersom hans son har tennis på tisdagskvällar och en annan tycker att eftermiddagar är bättre än före lunch varpå en tredje uttryckligen håller med. Att stiga rakt ned i helvetet och vänta på hissen upp som vägrar komma.

I kaffepausen kan jag inte hålla mig och skickar ett meddelande till henne för att fråga om hon fått hem pojken efter skolan men hon svarar bara med ett frågetecken.

Så är det slut, inga fler frågor och prasslet från etthundra föräldrajackor som lyfts från skolstolar fyller rummet. Ett möte som skulle gå att avhandla på en kvart har tagit två timmar av mitt liv.

Promenerar hem längs med kanalen sedan. På andra sidan står den gamla lyftkranen. Stilla sedan decennier. Ser månljuset silas genom stålkonstruktionen. Den rymliga styrhytten i falurött trä. Möter tanten med afghanhunden. En tanke där. Nästa gång en kandidat i en anställningsintervju frågar mig om hur en vanlig arbetsdag ser ut på kontoret ska jag svara att precis så här. Sedan, på vägen ut, ska jag viska i kandidatens öra att spring. Spring och vänd dig inte om.

I hallen hemma står sopsäcken med resterna av takkronan kvar och jag bär ner den i grovsoprummet efter att ha tittat till pojken som sover djupt under sitt tunga täcke. Andas klar luft och i kvällstystnaden hör jag torra gula löv som fallit från den stora eken landa på grusplanen.

89 Parmiddagen

Ska hon aldrig klä på sig? Måste hon sminka sig naken? Eller ännu värre i strumpbyxor med stilettklackarna på och inget mer från midjan och upp. Pärlhalsbandet på. Matchande örhängen. Och spegla sig i hallen när hon kunde stänga in sig i badrummet. Barnvakten kommer snart säger jag. Hon bara tittar på mig. Först när det ringer på dörren går hon in i sovrummet men kommer ut igen och har inte fått på sig mer än behån. För helvete viskar jag. Du kan väl åtminstone visa henne lite respekt. Hon ler med munnen men får inte med sig ögonen.

Framme och kliver ur taxin en kvart sena. Bär vinflaskan och blommorna och har hennes kappa slängd över armen. Hon står med ryggen mot mig i hissen upp. Moln av parfym. Hissdörren öppnas. Glad att jag känner doften så tydligt. Då kan det inte vara sarin.

Suger in naveln och hittar knipet mellan skulderbladen. Upp med svanskotan och sedan lätt nedåtpress med axlarna så att bröstmusklerna spänner under den knäppta kavajens slag. Handslaget. Armen i nittio grader. Fäller ut armbågen precis innan våra händer möts så att min hand kommer ovanpå hans. Han tvingas vrida in sin under min och jag klämmer till. Håller kvar. Blicken. Leendet. Och så min andra hand på hans axel innan han hinner. Trycker till. Tjena vad kul att ses. Länge sen. Du ser fräsch ut. Tränar hårt? Säger alla de där sakerna han vill höra samtidigt som jag pressar honom nedåt. Lyfter honom med ord. Sänker honom med kropp. Till slut ligger han på golvet i en tillintetgjord hög av bekräftelse. Han kan inte göra någonting. Jag kan det här spelet bättre. Han kan inte möta mig. Han kan inte vända det. Game over. Ett noll. Kvällen har bara börjat.

Vi är sist precis som hon planerat det och får gå hälsningsrundan med den där känslan. Det här var lite viktigare för de andra. De kom i tid. Hans fru med den korta mörka pagen som sticker varsin välkomstdrink i händerna på oss. Det här är ett rum där männen går ett steg före och kvinnorna hänger som smycken på deras axlar. Männen som valt kvinnor som väger halva deras vikt. Kvinnor som kan gömma sig bakom sina breda män.

En i rummet som suger åt sig de andra männens blickar. Som vet att vända sig om och piska till med den strama flätan. En som alla vill ha och som håller det vid liv. Som väcker mitt begär och får mig att tappa garden. Det är fem rätter kvar när vi slår oss ned och jag trycker på de knappar jag kan för att ta rätt plats i konversationen. För att vara den som vid rätt tillfälle levererar intellektuella kommentarer och som varvar med koncisa skämt som får skratt att rulla ett varv runt det ovala bordet. Alltid med en blick mot hennes håll. Alltid för att märka hur hon leker med flätan och lätt rör vid bordsgrannens arm. Allt för att de alla ska vilja ha henne när jag framåt midnatt får med mig henne hem. Igen. Jaktens villebråd.

I hallen hemma hjälper jag henne av med kappan och kysser henne i nacken som om det fortfarande var värt att försöka. Hon fryser till och jag tar ett steg bakåt. Hon vänder sig om och ser på mig med sina stålblå ögon. Blicken skär som en vinkelslip genom armeringsjärn och jag står kvar som ett ostadigt block av betong fastgjuten i marken. Ett regn av gnistor.

88 Mr Vain

Arbetar hemifrån. Crunchar siffror inför kvartalsrapporten och har lägenheten för mig själv. Styr ljudsystemet från telefonen. Infällt och osynligt i taket ligger mer än etthundratusen kronor högtalare med syrefri koppar i kablaget. Förgyllda kontakter för reducerad resistans. Bara vetskapen får det att låta bättre.

Slingan och sedan beatet. Ylet i bakgrunden och så sångerskan. Jag vet vad jag vill och jag vill ha det nu, jag vill ha dig. Dansar runt med bar överkropp. Åmar mig. Det blir inte bättre än så här. Tjugofem år sedan den släpptes och inget bättre har kommit sedan dess. Klockan är bara tio och jag har kommit halvvägs med underlaget som ska in senast klockan fem i eftermiddag. Har tid. Kan passa på.

Play igen men inget händer. Fiber rakt in genom väggen och gröna staplar hela vägen upp i taket men det är tyst. Testar annan låt som går igång fint. Testar igen men inget. Ser på displayen att den är grå. Nyss var den svart. Nu lyser titeln på spåret jag vill spela igen grå. Kontaktar supporten och får svar inom ett par timmar. Crunchar vidare i väntan.

Svaret sedan, de har plockat bort den. Förlaget har dragit tillbaka Mr Vain och gjort den otillgänglig för streaming. Idag, klockan tio.

Obegripligt. Gräver i backen med CD-skivor och hittar den. Absolute Dance Classics. In med den i spelaren som hon tjatat på att jag ska göra mig av med. Knappar mig förbi de första två spåren och slingan rullar igång. Tystnar innan beatet.

Hackar. Öppnar luckan och lyfter ur skivan. Vinklar den mot ljuset och där i plasten en reva rakt över spår tre.

Ut på balkongen. Skivan seglar som en frisbee ut över gården och slår ner i en buske. Hänger där ett kort tag och reflekterar ljus innan den lossnar och faller till marken.

87 Brödrosten

Det funkar inte ropar pojken från köksbordet. Jag står i bad-rummet med rakskum i hela ansiktet. Kan du hjälpa honom ropar jag tillbaka men hon verkar inte höra. Rakar mig snabbt och slarvigt och går ut till honom. Det funkar inte. Han sitter med fingret på spaken till brödrosten och när han släpper hoppar brödskivorna upp. Lika vita och bleka som huden på min kropp så här års. Elkontakten i och glödtrådarna varma men korgen som håller brödskivorna vill inte stanna nere. Du får väl hålla då säger jag. Håll tills de är klara. Men hur ska jag veta det om de inte kan hoppa upp. De hoppar ju upp när de är klara. Du får kolla. Vad ska jag kolla. Färgen, om du tycker att de ser klara ut så är de klara.

Hon sveper förbi och fräser åt mig att du behöver ju inte prata med honom som om han vore ett litet barn. Hinner inte svara att det är han ju och det är nog lika bra.

På vägen till skolan sedan står en kvinna med barnvagn mitt i gatan och stirrar ned i sin telefon. Barnet i vagnen sitter lydigt stilla. Bussen svänger runt hörnet och får bromsa bakom kvin-nan. Märker ingenting. Upptagen. Bussen gör en lov ut åt vänster och kommer runt. Kör vidare. Kvinnan fortsatt uppta-gen med sin telefon. Går förbi henne och längre bort. Vänder mig om och hon är som frusen i asfalten. Som en staty. Ett monument över den här tiden som kom så fort.

Thaiboxning på lunchen. Säljchefen i röda shorts. Har fortfa-rande inte kommit underfund med hur jag ska undvika hans bensvepningar. Ligger där igen besegrad och stirrar in i hans hånflin. Han är i alla fall inte lika snygg som jag i duschen. Hårig som en björn på ryggen.

Ensam med pojken och flickan på kvällen. Hon är på ett seminarium på universitetet och vi passar på att äta hämtpizza i soffan.

86 Stopp

Vaknar av att flickan ropar på mig från badrummet. Det går inte att spola. Öppnar locket och det är stopp. Spolar igen och vattnet är farligt nära att svämma över kanterna. Ringer jourhavande rörmokare som anländer inom en timme men isdrottningen hinner iväg innan dess. Fem minuters jobb för rörmokaren rycker mig på tvåtusen kronor efter ROT-avdrag. För tvåtusen kronor kan man köpa sig en onödigt snygg regnjacka eller få toaletten fixad.

Rörmokaren lämnar leriga fotspår på hallgolvet men städerskan kommer idag så jag låter det vara. Nu har glödtrådarna i brödrosten också givit upp och pojken vägrar äta något annat till frukost. Sätter på ugnen och rostar brödet där istället. Det blir nästan lika bra och framförallt smälter smöret som han vill. Det ska finnas där men får inte synas.

En av mina medarbetare har gift sig under helgen. Han är tio år yngre än jag men jag håller mig från cyniska kommentarer om vilket helvete han börjat sin resa mot. Han har varit hos barberare inför bröllopet och har ett sjukt snyggt helskägg nu. Jag kan inte få till det. Det växer ingenting på sidorna och jag sneglar avundsjukt på honom vid flera tillfällen under dagen.

När jag kommer ut från kontoret ligger en tung stank över kvarteret. Slangen från en slamavskiljare har brustit och det knyter sig i bröstet när jag drar in luft. Tjänstemän på väg hem går med händerna för munnen eller tröjor uppdragna och skyndar sig att komma bort från stankens källa. Det är en kväljande söt lukt och jag ser en man i kostym tvingas svänga runt ett hörn och kasta upp bredvid ett elskåp. Stanken sprider sig som ringar i vatten och tunnas ut för varje meter jag tar mig därifrån men hela kvällen känner jag den svagt. Som hade den satt sig i huden på mig.

85 Avskedet

Nu går bandet på. Backdropen en flicka i dödskallemålning. Står längst fram i vit skjorta och svarta jeans. Bredvid mig en klunga tjejer med breda svarta ringar målade runt ögonen. För flera av dem rinner redan mascaran i svarta linjer nerför kinderna.

Vi har marscherat över bron med fanorna vajande i vinden. Marscherande i takt till dödskalleflickans trumslag. Hjärtan bultande av distanslös kärlek till bandet. Det är pretentiöst, högtravande, pompöst och teatraliskt och jag ger mig själv tillåtelse att helt uppslukas av det. Har längtat till den här kvällen. Fruktat den och är nu mitt i det i ett hav av vajande händer.

Vi kan det här. Vi har gjort det många gånger. Utomhus en sommarkväll bakom kyrkan med de begravda adelsmännen efter ett utköpt sexpack folköl. I en klubblokal med en filmkamera på arm svängande över oss. På festival med lera upp till öronen. I nationalparken med vuxet paraply i handen. Med rosa krona på huvudet intill ett tillfälligt tivoli. I ett tält på en äng. Nu gör vi det i en gigantisk arena. Nu gör vi det en sista gång och i kulissen stiger en brinnande sol.

Du är där i publikhavet. Sitter på läktarens första rad i vid kjol och skickar ett meddelande till mig när de spelar låten vi hörde första gången på klubbspelningen när vi var sjutton. Du är här precis intill mig musklig i vitt linne och jag känner din doft. Du sitter längst upp vid nödutgången.

Efter två timmar de första takterna i den sista sången. Bandet i vita kostymer och det svämmar över för mig. Barnkören. Näven i luften. Tack som fan.

Så går de av scenen och det är över. Lampor tänds och vi står kvar. Tjugotre år har gått och det blir inget tjugofjärde och ikväll har jag tagit det slutgiltiga farvälet av min ungdom.

84 Tevespelet

Det funkar inte ropar pojken från vardagsrummet och jag hinner tänka att vad är det nu. Det går inte att ansluta. Fortfarande gröna staplar hela vägen men det går inte att starta en ny runda och jag hade faktiskt lovat en timme tevespel nu mellan middag och sovdags.

Torkar av bordet som står stadigt tack vare kartongbitarna jag petat in under ena benet. I taket hänger en naken glödlampa som tillfälligt fått ersätta den havererade takkronan. Imorgon bitti ska jag rosta bröd i ugnen och om det regnar behöver jag inte fundera på om jag ska ta den blåa eller den bruna. Låsa den kärvande ytterdörren och ha på mig de nya skorna. Ta bussen till jobbet eftersom cykeln är trasig. Toaletten är fixad men lådan med papprena är slängd och det blir inte Mr Vain i hörlurarna.

Dagen efter ser jag hur de fortsätter montera ned staden. Den stora rondellen som stått i över sextio år plockas bit för bit isär. Blottlägger klippan där under med sina märken efter rören med dynamit. Stannar en stund på bron över stupet och spanar genom de plexiglastäckta luckor de tagit upp i planket för att förhindra att nyfikna ska klättra upp för att se över kanten. På en avsats vinglar en grävmaskin. Lyfter grus ur avgrunden med risk att själv falla ned i den. En ung kille med hjälmen löst hängande på skallen i styrhytten. Märker först efter en stund att det står någon bredvid mig. En kvinna med basker håller upp ett anteckningsblock. Siffror och förkortningar som täcker hela sidan. Hon ringar in och drar pilar. Så upptäcker hon mig. Slår ihop blocket. Det är nedräkningen, säger hon. De skulle aldrig ha släppt ut det. Där under lager av makadam och asfalt har det ruvat på sin hämnd i decennier. Berget kommer att kräva blod tillbaka. Då vill du vara långt härifrån. Hennes ögon är mörkt gröna. Ytterst i irisens kant en mörkröd ring av flammande eld. Det kommer att vara blod på sten innan det här är klart säger hon. Sedan är hon borta, sveper runt hörnet på den provisoriska träbron innan jag hinner fråga mer.

På kontoret sedan tänker jag igen på allt som hunnit falla isär. På att jag sparade brevet från dig. På daggmasken. Den galna kvinnan i basker och hennes prat om bergets hämnd, att sådana människor får vandra runt på våra gator. Sådant nonsens. När jag tänker på allt det här har jag en atletisk hållning vid mitt höjda skrivbord. Huvudet en förlängning av ryggraden. Sval under bomullsskjortan.

Sedan tänker jag på att blodstenen är kvar på sin plats i skogsspåret. Återförd. Den tanken drar en ilning längs med ryggen. Där kallsvetten tränger fram klibbar tyget mot huden.

83 Konferensen

Det är en helt annan känsla av fart stående i tåget. Landskapet som susar förbi. Att skjutas som en pil. Genom fönstret ser jag islandshästar som betar bakom galler av ungbjörk. Den lågt stående solen in från nordväst. Ljuset sprängs i det dammiga fönstrets ojämna yta. Känner friktionslösheten under mig. Ton av tåg på räls som lagts av arbetare i en annan tid. Ett annat land. Imponeras av arbetet de lade ner. Något beständigt blev kvar och nu bär det mig genom landet. Sliprar av bok som lades i marken för decennier sedan fördelar fortfarande vikten över banvallen och håller emot i kurvan när tåget lutar.

Förväntningarna sänkta men kommer fram utan stopp på vägen och checkar in på hotellet. Lämnar väskan på rummet och hinner tvätta av mig resdamm ur ansiktet över handfatet. Skyndar över gatan till konferenscentret och får min namn-skylt, en kopp blaskigt kaffe och konferensprogrammet med de fyra spåren beskrivna. Väljer ett slumpmässigt och slår mig ner på en stol på raden längst bak. Bänkgrannen i chinos och sandaler. Ser grön text på svart bakgrund rulla över hans da-torskärm. Glasögonen i säkerhetsband runt nacken. En evan-gelist från en av de stora jättarna som använder hela scenen under sitt inledande anförande. Kamerablixtar och applåder. I pausen en lunchwrap och mingel. Under eftermiddagspasset får jag kämpa med uttråkad matkoma och tunga ögonlock. Går på kvällsevenemanget utan att riktigt fundera på varför och har oviktiga konversationer med viktigt branschfolk.

Efteråt tystnaden i rummet. Känslan av att vara tömd på energi. Dränerad av alla de andra. Tar av mig byxorna och hänger dem över fåtöljens rygg. Sårskorpor på knäna fortfarande efter kraschen med cykeln. Lägger mig på sängen i tshirt och kalsonger. Slår på teven. Två män med frost i skägget bygger en övernattningsstuga i vildmarken. Det är trettio grader kallt och de kämpar mot klockan. Tappar känseln i fingrarna där de driver grov spik genom nyhugget timmer. En annan vittjar fällor vid floden och grillar bisamråtta över öppen eld. Hunden får halva. Somnar och sover hela natten med teven på och sänglampan tänd. Fjärrkontrollen på den tomma sängplatsen till höger.

82 Guldfiskskålen

Kommer hem från konferens mitt på dagen till en tom lägenhet. Ytterdörren bakom mig. Tystnaden. Kliver ur skorna i hallen och tar ett steg in. Kallt under strumpan. Ett steg tillbaka, en pöl och så skärvor. Tomt på skänken där skålen med guldfisken stått. Skärvor och vatten men ingen fisk. Hämtar en soppåse och lägger försiktigt ned skärvorna. Tar en linnehandduk ur skåpet och torkar upp. Smått splitter kvar följer med handduken som får gå i sopsäcken också, orkar inte hantera den.

Sätter mig i fåtöljen med den tomma skänken mitt i synfältet. Tickandet från väggklockan som annars aldrig hörs ökar i volym för varje slag. Hon hade hatat tanken på ett djur i lägenheten även om det handlade om en guldfisk. Ännu mer hade hon hatat att jag och barnen enades om att döpa den till Elvis. Som om en guldfisk behövde ett namn.

Det är ett märke i parketten. Djupt som av en fallande glasskål? Djupare av kraften från någon som kastat den i golvet med vilje? Imma på glaset från händer av frost. Om jag bara hittade Elvis så att han kunde berätta. Du kanske skulle invända att en guldfisk inte minns mer än de senaste tre sekunderna men så sent som igår läste jag att det där bara är en myt. Guldfiskar kan lära sig att hitta i labyrinter. De kan ta sig hela vägen in och dräpa Minotaurus och hitta ut igen utan Ariadnes röda trådnystan.

Senare på kvällen i sängen frågar jag henne var Elvis tagit vägen. Guldfisken. Vilken guldfisk frågar hon. Vad pratar du ens om. Hon har redan ögonmasken på. Frågar inte igen. När jag ska somna tänker jag på det. Fisk av guld. Vaska fisk.

81 Axeln

Han häver sig upp ur vattnet. Rännilar av klorvatten längs hans renrakade bröst. Muskelfibrerna synliga under den tunna huden över hans axlar. Han får upp en fot på bassängkanten och trycker sig upp. Massiva lår. Triathlonklubbens morgonträning klar och jag väntar på att få ta över simbanan för mitt pass. Han hämtar sin handduk och slänger den nonchalant över axeln. Säger något till sin kompis men jag hör inte vad. De försvinner in i omklädningsrummet. Genom de stora fönstren silas dagens första trevande solstrålar in mellan glesa träd i parken utanför. Snart ska de sista löven falla.

Skjuter ifrån och nere i tystnaden under vattenytan. En halvklumpig voltvändning och sedan delfinsparken. Gör mig hal i vattnet.

Halvvägs in i passet går det inte att förtränga längre. Det är något med axeln. När jag sträcker ut och hittar greppet i vattnet, ankrar handen och får drag bränner det till i rotatorkuffen. Bryter. Sitter på bassängkanten en stund helt stilla. Besvikelsen att inte kunna följa min plan. En känsla av förödmjukande nederlag. Så knackar någon mig på axeln. Är banan ledig frågar hon, en tant i sjuttioårsåldern. Kör du. Hon dyker ner i vattnet elegant från startpallen ovanför mig och börjar simma. Glider som en delfin genom vattnet. Helt utan ansträngning lägger hon längd efter längd i dubbla hastigheten mot min.

Går därifrån med tunga ben. Bärs inte längre av vatten. Gravitationen här uppe, mina fotsulor mot skrovligt golv. Triathleterna är kvar i duschen, de har väl bastat. Tagit av sig badmössorna och han med de massiva låren har blont lockigt hår. De står under rinnande vatten och delar tävlingsberättelser till varandra och alla som inte vill höra på. Trettio grader varmt den sommaren och svetten som kokade under cykelbyxorna. Fyra grader i vattnet året efter och sjövattnet som rev huden röd under våtdräkten.

Blundar och lutar bak huvudet. Möter duschstrålarna med ansiktet. Blundar och tänker mig in på startlinjen. Rusningen mot vattenbrynet och hundratals gummikroppar ner i det skummande vattnet som sjölejon rakt in i ett stim av bläckfisk. Ligger bakom den blonde. Paddlar på och kommer upp snett jämsides med honom. In upp över honom och pressar ner. Ett knä i ryggslutet och raka armar ned i det mörka vattnet. Ingen reaktion först, vanlig trängsel i vattnet, men förr eller senare måste luften ta slut. Han sprattlar där för att komma upp och hämta ny men jag håller kvar. Står på knä nu för att hålla honom nere. Han är starkare än jag men överraskningsmomentet och hans syrebrist väger upp. Så avtar kampen. Han blir mjuk och slapp och jag känner hur han lämnar och försvinner nedåt mot sjöbotten. Lättar trycket och börjar simma och han är borta.

När jag öppnar ögonen går han ut genom svängdörrarna från duscharna till omklädningsrummet. Jag står kvar i duschen tills han säkert hunnit klä på sig och gå. Tar handduken från kroken och sveper den obetänksamt upp över överkroppen. Hugger till i axeln. Kommer inte att bli någon simträning på ett bra tag.

80 Teven

Pojken får vara uppe sent och titta med mig, det är final i tur-
neringen där världens bästa klubblag möts för att avgöra vem
som är vinnarnas mästare. Vi har valt ett lag även om det
egentligen inte spelar någon roll för oss. Blir roligare så. Vårt
lag ligger på bra i början av matchen men så gör vår målvakt
ett stort misstag, han kastar ut bollen rakt på en anfallande
spelare och bollen rullar tillbaka förbi honom och in i mål.
Några minuter senare axeln ur led på en av våra offensiva mitt-
fältare. Efter en cykelspark och ett intappat långskott är det
över. Matchen är i allt väsentligt förlorad med tjugo minuter
kvar att spela men vi sitter kvar ändå, pojken tätt intill mig i
pyjamas. Så hackar bilden till. Spelarna som nyss flöt fram över
det mönsterklippta gräset rör sig fram i ryck. Ljudet sprakar till
och så flyter allt igen en stund. Hackar till och bilden blir svart.
Ljudet ligger kvar en kort stund längre men så försvinner det
också. Stänger av teven och sätter på den igen men skärmen är
svart. Testar att byta kanal men samma där. Går ut i köket och
slår på den lilla teven och får in matchen igen. Inget fel på
mottagning eller sändning således utan sjuttiofem tum platteve
som verkar ha givit upp. Köpt förrförra julen på rea och nu
helt värdelös.

Ser klart matchen i köket. Lägger pojken. Går ut i vardags-
rummet och kopplar loss den stora teven, lindar sladden runt
ställningen och smyger förbi den stängda sovrumsdörren. Där
bakom sover hon, lättväckt trots rustningen. Bettskena, ögon-
mask och extra dämpande öronproppar kan inte hålla ute
minsta störning. Hon sover precis under drömmens yta, lätt
som en fjäder. Hon sover en centimeter ovanför madrassen,
spänd som en fjäder.

Nyckeln till grovsoprummet. Containern för elskrot. Ställer teven där bredvid. Tvekar i dörren på vägen ut. Lyfter upp den igen. Backar. Hivar den så högt jag kan. Braket ner i botten när den träffar en gammal mikrovågsugn, en brunnen hoverboard och en kassettbandspelare med dubbla fack. Går fram och kikar ner. Fina sprickor i ett nät över skärmen. Den är trasig nu, teven.

79 Läckan

Okänt nummer på skärmen. Brukar inte svara. Svarar. Samtalet kommer från butiken nedanför min brors lägenhet. Rinner vatten från deras tak. Hur de har fått tag på mitt nummer har jag ingen aning om. Har nycklarna till lägenheten för att ta hand om posten medan han är på andra sidan jorden. Lägger på, ringer jouren och åker dit. Tåget stannar till mitt på bron och det är en mosaik av rödbruna, gula och fortfarande gröna träd där nere.

Värre än jag föreställt mig. Tre centimeter avloppsvatten i hela lägenheten. Lyfter undan sådant som riskerar att bli blött om fukten stiger medan jag inväntar spolbil och skadesanerare. I klädkammaren ett rött stråk i vattnet. Blod? Lyfter undan gamla täcken och en kasse jeans och där under på golvet, dränkt i avloppsvatten. Lådan med julpynt. Tog han med sig dem när han flyttade hemifrån? Öppnar locket och lådan faller isär, styrseln i kartongen borta där vattnet sugits in. Allt är förstört. De röda plastäpplena är vita. Färgen har lösts upp och runnit ut utanför lådan. Vi hängde dem långt ner i granen. Plastgran sedan vår far flyttat. Eller var det han som lämnade den kvar? Äpplena alltid på samma ställe, på de stora grenarna på nedersta raden skulle de hänga.

Börjar sortera isär sådant som kanske kan räddas och sådant som är bortom räddning. Stannar upp, sorterar om. Kvar i högen med saker att behålla blir bara glasängeln som går att skölja av. Skyfflar ner resten i sopsäckar. Bär bort dem till grovsoprummet för att röja väg för skadesanerarens vatten-dammsugare som har anlänt nu. Han börjar jobba och vattnet sjunker undan. Så bubblar det till i avloppet och nytt vatten sköljer ut och rinner över trösklar. Springer upp i trapphuset för att be grannarna sluta spola tills problemet är löst men ingen öppnar. Skadesaneraren sedan, de är väl rädda att det är migrationsverket, skrockar han. Förbannad men i beroende-ställning, kan inte bemöta det. Inte förklara att det här är en bostadsrättsförening och att asylsökande och nyanlända sällan köper sitt boende. Näven knuten kvar i fickan.

Lämnar efter fem timmars jobb. Avfuktningsfläktarna står och mullrar inne i den nedsläckta lägenheten. Promenerar förbi den nedlagda hundkapplöpningsbanan och baseballplanen där ett ungdomslag har kvällsträning. Fortfarande inte förstått varför han valde att flytta tillbaka hit.

Min gamla skola rivs. Fönstren ersatta med träskivor. På gaveln en glasruta kvar. Väger en tegelsten i handen. Gympasalen och klätterställningen med klotter inkarvat i träet här bakom. Två skator skuttar fram över den asfalterade skolgården. Ser mig omkring. Ingen här. Drar bak armen, fram med höften och vrider runt. Skickar iväg tegelstenen i en båge och så klirret när den går genom rutan. Det dova ljudet när den studsar in mellan dammiga skolbänkar i det övergivna klassrummet. Så bekant. Som om det var igår och inte tjugosju år sedan förra gången.

I hörnet av fotbollsplanen fortfarande en svart yta där vi brände ner förrådsboden. Så märkligt att vara här igen nu. Den stora stenen som skulle förhindra att vi cyklade in på skolgården. Att stryka med handen över den är att resa genom tiden. Går en ilning genom skelettet när vålnaden av mitt elvaåriga jag passerar rakt igenom mig. Hjärta genom hjärta. Andas ut. Den varma andedräkten som ett moln. Möter den ett andetag som hänger kvar från då? Samma luft som stått stilla. Tysta ekon av våra barnröster mellan skolbyggnadens gråputsade väggar.

Vid kyrkogården står grinden öppen och jag går in. Ensam här. Den lilla dammen med näckrosorna står spegelblank. Sätter mig på en bänk uppe i minneslunden på kullen. Längre bort ljusen från staden. Hör tågen rulla förbi på andra sidan muren.

Strax innan jag är framme vid porten störtar grannens katt ut ur en buske och vi är nära att kollidera. Vet inte hos vilken granne katten hör hemma, den har gjort hela innergården till sitt revir. Hemma vid köksbordet skriver jag en redogörelse till försäkringsbolaget och tar sedan en lång dusch innan jag lägger mig. Somnar direkt.

78 Schampot

Klämmer på schampoflaskan men ingenting. Skruvar av överdelen och gräver med fingret på insidan men det är helt slut. Tar barnens flaska, en klick i handen och masserar in. Hela dagen sedan på jobbet stör jag mig på den nya känslan i håret. Van vid den artificiellt torra saltstänkta känslan. Nu en helt annan. Försöker fixa till det inne på toaletten men det blir bara sämre. Säljchefen med sitt provocerande smajl på veckomötet. Att få trycka in den tandraden i käften på honom. Att få en enda chans. Att ta den. Se de blottlagda tandhalsarna och blodet som forsar ur mungiporna på honom. Smärtan i knogarna, kanske går det hål där också. Den sköna smärtan, den sorten. Spänner båda nävarna och ser senorna spela under huden. Mittenknogen högre än de andra. Den som skulle träffa först. Precis mellan framtänderna.

På vägen hem kan jag passera fjorton hårsalonger om jag vill. Fjorton hårsalonger som alla har slut i lager på surfarschampot. Fjorton hårsalonger där hårstylisten i kassan inte kan svara på när det kommer in igen. Hyllrader med färgglada tuber och svarta burkar. Lämnar det sista stället frustrerad över den obegripligt dåliga lagerhållningen, smäller igen entrédörren. Dånet när hyllorna där inne lossnar och tar med sig hundratals hårproduktförpackningar i fallet. Hålen i väggarna där fästena slitit med sig gips och betong. Trycker pannan mot fönstret och kupar händerna för att se in. Där mitt i havet av förödelse står hon, den sista hårstylisten. Först nu ser jag det jag inte lagt märke till förrän nu, baskern hon har på huvudet.

Hemma träffar jag isdrottningen. Hon frågar vad jag har gjort med håret. Hennes strama fläta lika perfekt som alltid.

77 Skärbrädan

Står vid köksbänken och hackar grönsaker. Wok ikväll. Fullt koncentrerad, vill inte att det ska bli fel igen som sist med salladen och förbereder nu allt flera timmar i förväg. Strimlar bambuskott och finhackar koriander. Tunna skivor av morötterna. Kniven inte slipad på ett tag, får ta i för att komma igenom den kompakta roten. Smällen när jag går igenom, kniven mot skärbrädan. Nästa, smällen men denna gång ett knak och sen kniven som sitter fast. Har inte bara gått igenom moroten utan även själva skärbrädan och kniven sitter nu i köksbänken.

Skärbrädan itu, en tum massivt trä nu i två delar som bara hålls ihop av några resterande träfibrer däremellan. Som osorterade elledningar över gatan utanför semesterbyn dit vi flytt till solen vintern innan flickan kom.

Knäcker isär dem och trycker in halvorna i skåpet under bänken. Kniven loss ur köksbänken och ett rejält hack där.

Med middagen förberedd försöker jag få tag på försäkringsbolaget igen, har ringt upp innan jag drog på mig förklädet och började hacka och är nu dryga timmen in i telefonkön när det enformiga tutandet upphör och det sprakar till i högtalartelefonen. Kontakt, äntligen. Lägger fram ärendet, min brors lägenhet översvämmad med avloppsvatten. Hör bara hur handläggaren på andra sidan suckar. Det är läckor i hela staden, man kan nästan tro att någon har tidsinställt rören. Ni får räkna med ett par veckor minst innan ni kan få någon vidare hjälp. Handläggaren har gråt i rösten. Panikslagen. Det är syndafallet. Omöjligt för mig att avgöra om hon skämtar och kommer mig inte för att fråga innan vi lägger på. Det måste ju vara syndafloden hon menar.

Har fått ett skadenummer i alla fall och sätter upp lappen på kylskåpet. På kvällen när jag diskat undan efter middagen står jag en stund på balkongen. Det har smugit sig in något isande i den nyss svala kvällsvinden och hösten är på väg att övergå i vinter. Några enstaka löv kvar på träden på innergården. En duva lyfter från klätterställningen där nere och gör en lov förbi mig innan den seglar bort över hustaken. Någonting i näbben, en olivkvist?

I drömmen sedan ser jag giraffer, tapirer, elefanter, lejon och gaseller i en långsam stolt parad. De vandrar där i par över landgången och in i den etthundrafemtio meter långa arken av trä. I skydd nu, säkra inför fyrtio dagar av regn och översvämning.

76 Tvättmaskinen

En felkod på tvättmaskinens display. Trumman stilla och där inne de blöta kläderna. Vitt skum. Går inte att öppna luckan. Bruksanvisningen i köksskåpet under en hög med recept. Anlita reparatör står det i felsökningsguiden. Ringer runt till stadens alla tvättmaskinsreparatörer som en efter en låter mig veta att de är uppbokade i veckor framöver. Om jag var du, säger den sista jag pratar med, och om det var viktigt för mig att kunna tvätta kläder hemma, skulle jag köpa en ny tvättmaskin, för jag ser ärligt talat inte slutet på den här kön av ärenden vi fått in. Om du vill ställa dig sist i den kön så är det helt upp till dig alltså.

Ställer mig i kön.

Med säljchefen på golfresa blir det en fullt dräglig dag på kontoret och efter arbetsdagens slut går jag till vitvarubutiken för att köpa tvättmaskin. Säljaren i butiken fnissar överlägset åt mig. Lång, smal med bakåtkammat svart hår. Helt slut, säger han. Frågar om han kan kolla lagersaldo i andra butiker. Ledsen, säger han. Helt slut betyder helt slut. Ber om att få tala med hans överordnade. Han fnissar igen. Det finns ingen här ovanför, säger han och pekar uppåt, mer än gud fader själv. Tittar på namnskylten på hans skjorta. Butikschef.

På nästa ställe är det samma sak. På det tredje stället brister det för mig och jag skäller ut säljaren. Hur kan det vara möjligt att ni inte har en enda tvättmaskin som jag kan köpa, nii har en enda uppgift här idag och det är att sälja mig en tvättmaskin. Ni behöver inte ens köra något säljsnack med mig, langa fram maskinen så slår jag till, ryter jag. Är så uppjagad att jag inte ser de två meter långa vakterna som har kommit fram bakom mig.

En hand på min ömmande axel. Säger ingenting. Ser batongerna i deras bälten. Jag vill bara köpa en tvättmaskin, säger jag med förtvivlad röst. Det är nog bäst att du går nu, säger den ena vakten. Hans basker sitter snett till höger på skallen.

VINTER

75 Pjäxan

Snön har kommit och vi tar din bil tjugotvå mil norrut. Första åket efter lunch och i en brant släpper högerskidan. Pjäxan går i snön. Hugger fast och roterar framåt. Kraschar och glider. Känner efter. Kroppen verkar hel. Klättrar uppåt dit skidan stannat men får inte fast pjäxan i bindningen. Du står längre ner i backen. Hasar ner till dig med skidor och stavar i famnen. Servicekillen ser inget fel på skidan men får inte heller fast den. Tar av mig pjäxan och där en spricka. Plasten i fästet sprucken. Tiotusen kronor formgjuten pjäxa värdelös och säsongen har bara börjat.

I bilen på vägen hem berättar du att ni har köpt en gård och lämnar staden. Han har sålt firman och ni sätter barnen i byskola. Egen ö i badsjön på andra sidan skogen och en bäck som rinner mellan storstugan och ladan. Ni går på kvällskurs och lär er om självhushåll och planerar distribution av matkassar på söndagsmarknaden.

Vi är inte uppe på motorvägen än och här följer fortfarande körbanan landskapets naturliga krökningar. Bilen lättar över ett krön och det sjunker i magen. Solen in lågt och du fäller ner solskyddet.

Du får komma och hälsa på säger du. Det är nära till backen. Är tyst en stund. Svarar sedan att jag måste fixa nya pjäxor först. Som om det var det det handlade om. Du visar bilder på traktorn ni hämtat hem. Plogen och harven. Ni ler mot kameran, hela det här äventyret framför er. Du berättar om den kvarlämnade amatörradiostationen på övervåningen i boningshuset. Transistorer, repeatersändare och mängder med skruvar.

Hörlurar med sprucket läder över kåporna. Behåll det som det är, säger jag. Gör ett museum av det.

Inte tänker jag redan nu på att det kan komma en tid när olicensierad kommunikation över kortvåg kan komma att bli vår enda kanal.

74 Jul

Tänder adventsstjärnan i köksfönstret, ett orange sken bryter av mot det krispigt svarta där ute. De sover ännu. Under granen ligger de första paketen. Äter en första frukost ensam. Så nyss det känns och så länge sedan för dem. Detta märkliga att leva tillsammans med barn, så nära inpå varandra och samtidigt i helt olika hastigheter. Ett år har gått sedan förra julafton, ett snabbt varv runt solen för mig, en livstid för dem. Att gå här hand i hand med dem, flickan i min vänstra, pojken i den högra. Gå här tillsammans men i helt olika tideräkningar. Medan vi vuxna har rusat fram från oviktighet till oviktighet har de krupit, klättrat, smugit, utforskat och längtat. För mig var det alldeles nyss vi stod här med glögg i koppen trötta efter en lång natt uppe med paketinslagning, för dem har en evighet passerat.

Trehundrafemtiosju notiser i hennes telefon. Trehundrafemtiosju bilder på julgranar klädda i perfekt symmetri. I min färre. Orkar inte titta igenom dem. Hon scrollar igenom hela listan. Ser hur hon växlar blicken mellan sin skärm och vår gran.

Pojken och flickan leker med sina nya leksaker på vardagsrumsmattan. Uppkrupen i soffan under filt tillsammans med isdrottningen. Känner hennes kroppsvärme därunder. Eller om det är min. Vill inte att den ska läcka ut. Håller filtkanten tätt under mig. Försöker tina upp henne. Håller den här stunden som en mingvas mellan darriga fingrar. Vet att den kan gå i kras så lätt. Bara en glipa och frosten som tränger sig in mellan oss.

Det håller genom eftermiddagen. Middagen med släktingar och hon är närvarande. Mer värme. Skålar, skrattar och är med och lägger pojken och flickan som fått vara uppe för länge.

Pojken som sover med sitt nya plastgevär. Tittar på honom länge när han somnat, dörren öppen så att det orangea ljuset gör honom synlig i det mörklagda pojkrummet. Försöker få ihop den bilden. Pojken så oskuldsfull och skör med fräknarna över näsan och ut på kindbenen. Munnen lätt öppen och överläppen som inte vill sluta tätt över tänderna vibrerar i utandningen. Instinkten som sveper över mig och får det att tjockna i halsen. Att inget ont får hända honom. Att jag måste vara där och skydda honom från det. Hur den känslan krockar med det sextio centimeter långa plastgeväret som ligger vid hans sida. Så lycklig efter att ha tjatat till sig det. Lär sig nu ladda, sikta, skjuta. Träffa. Som i filmen om de unga kustjägarsoldaterna vi såg på gymnasiet. Det var någonting de sade till dem på slutet, när de klarat av det sista eldprovet. Minns du vad det var? Pojkar som blir män genom att lära sig att döda. Vägrade precis som pappa gjort tre decennier tidigare. Kom undan lättare. Han fick sitta sex månader i fängelse tillsammans med polismisshandlare och knarksmugglare. Politisk fånge.

Sväljer ner och tränger undan och går ut till isdrottningen.

Änglaspelet på köksbordet. En lock som fallit ned i hennes panna. De tunna stearinljusen kastar märkliga skuggor i hennes ansikte. Hon har fått en medaljong av mig och medan jag har varit inne hos pojken har hon hängt den runt halsen.

Det har varit en fin familjedag utan frost. Drar ut på den förbi midnatt. Vill inte att den ska vara slut. Hon tar min hand över bordet och i ett par sekunder leker jag med hennes fingrar. Så drar hon tillbaka sin hand och sveper locken bakom örat. Dagen har gått över i natt och jag har en sådan märklig känsla. Det känns som att det är en av de sista vi har tillsammans.

73 Mellandagsrea

Är ute på mellandagsrea. På jakt efter en robotdammsugare. Vad vi ska med den till vet jag inte men isdrottningen var bestämd. Hon får mig hit gång på gång, först när jag är halvvägs framme ser jag att det inte är mitt mål jag närmar mig. Först när det är för sent att vända om förstår jag att jag inte borde tagit det första steget. Det är som att hon drar ryggraden ur mig. Någonting annat håller mig upprätt. Någonting annat förmedlar signalerna mellan hjärnan och benen som för mig dit. Ett stelt bamburör skyddar nerverna och hindrar mig från att rasa ihop i en hög.

Tar den lilla ingången in i köpcentret. Den här dörren är som en hemlig gång och ändå står den olåst och tillgänglig för vem som helst. Närmar mig ingången till elektronikbutiken när jag hör ett underligt ljud från den andra änden. Ett muller. Min spegelbild i butiksfönstret skakar till. Längre bort en barnvagn som välter. Mamman på knä lyfter upp ett bylte. Barnskrik. En pensionär med rullator som precis hinner undan. Folk springer åt alla håll. Står emot reflexen att fly. För nyfiken. För trött. För långsam. Genom glaset ser jag högen med kartonger. Skylten ovanför, halva priset. Vad gör jag här? Snart öppnar de. Två vakter. Inne i butiken står personalen redo. En av dem med nyckelknippa, låser upp och dörrarna glider isär.

Nu kommer de runt hörnet och det är en overklig syn. Uppknäppta vinterjackor som fladdrar som mantlar där de störtar fram. I mitten en kvinna med permanentat hår. Hon faller och reafyndarna i ledet bakom trampar över hennes rygg och avancerar framåt. Först när de har kommit en bit slår det mig. De tar sig fram på alla fyra. De rör sig över marmorgolvet som leoparder på savannen.

Väl inne i butiken kastar de sig över den prisnedsatta elektroniken som blodtörstiga vargar. Saliven stänker och ett isande ylande avbryts tvärt när sylvassa huggtänder går igenom en strupe. Är kvar utanför butiken och vänder mig till en av vakterna. Ska ni inte göra något? Han svarar inte. Slagsmålet eskalerar vidare där inne. Vill gå därifrån. Kan inte gå därifrån. Något håller mig kvar. Fötterna som gjutna i golvet. Delar av krossad elektronik sprider sig runt högen med klösande kattdjur och hysteriska hunddjur. Står utanför och ser in. Det är som att vara på zoo. Mata inte djuren. Skylten där.

Så får vakterna nog och går in. Lyfter en av slagskämparna i benen och armarna. Han hänger där utmattad. Bortburen som en säck spannmål. Den ena vakten pressar sitt passerkort mot en läsare och ståldörren bredvid butiken öppnas. De hivar in honom och det är ett dovt ljud när han landar. Dörren stängs och de vänder sig mot mig. Går mot mig. Bara en av dem bär basker. Nu får jag loss fötterna ur golvet och tar ett par steg bakåt. Vänder mig om och går raskare nu. Tittar inte bakåt. Är ute ur köpcentret.

Utan robotdammsugare.

I trapphuset hemma sitter katten och värmer sig. Lyfter upp den, fjäderlätt i min famn. Sträcker sin ena tass mot mitt ansikte men jag håller den ifrån mig. Sätter ut den utanför porten och stänger snabbt. Den tittar besviket på mig genom glaset.

72 Skriver till dig

Händelselösa dagar avslutar året och jag passar på att skriva till dig. Fingrarna vilar en stund på tangentbordet. Funderar på var jag ska börja. Vill att du ska veta allt. Vill ha dig med mig. Någonstans en föraning om att någonting är på gång. Ogillar det. Så odistinkt. Som när säljchefen tar upp allas tid med att meddela att han någonstans känner att vi borde satsa mer på kärnverksamheten. Som om mötesrummets alla deltagare förväntas agera och ta beslut baserat på hans känslor. Min hemmaplan siffror, analys och rationella argument. Tränat mig in i det och nu med det kompakta decembermörkret utanför fönstret skriver jag mig långsamt ut ur det. Bort från det och mot dig. Tillbaka till mig själv.

Var börjar man? Var börjar allt?

Tänker tillbaka på morgonen då jag vaknade till ljudet av regn och slägga mot sten. Brevet till dig börjar där och jag sitter uppe tills jag berättat allt om blodstenen, håkärringen och väktarna som bar bort slagskämparna på rean. Återkommer till de sista fallande löven, kanske någon gång för mycket, men det är något med löven. Nu är träden nakna och jag kan inte låta bli att tänka på när de släppte sina sista löv. Så jag skriver om dem till dig. Skriver om att jag ibland står i fönstret och ser ner på den gnistrande snön. Blundar och följer ett löv. Det faller snabbare än snöflingor och gör ett avtryck. En mjuk snöängel. Så öppnar jag ögonen och det är ingenting där. Kanske ett spår från en småfågel som inte flyttat söderut men inga fler fallande löv.

Slår igen datorn utan att ha skickat. Borstar tänderna och kör tandtråden två varv. I sängen precis innan jag ska somna kommer jag på vad det var de sade i slutet på filmen. Kustjägarsoldaterna. Eldprovet avklarat efter den tuffa utbildningen. Redo för strid nu. Amfibiebataljonens patrullchef som högtidligt deklarerade. Mössa av, basker på. Det var vad han sade till de unga pojkarna som nu blivit män. Basker på.

71 Nyår

Vi står nere på kajen och ser fyrverkerier brinna av över vattnet. Hon med ett glas champagne i handen några meter bort, konverserar med grannparet. Pälsmössa.

Ser bron där uppe. Sirener från söder glider snabbt över och försvinner bakom husen vid brofästet. Försöker tänka på vad jag vill med det här året men det är blankt. Pojken och flickan står framför mig. Kommer vara övertrötta sedan när vi ska hem men nu blickar de förtjust upp mot den svarta himlen som exploderar i rött, lila, blått och grönt. Tomteblossen ligger utbrunna i snön bredvid deras fötter. Vinterkängorna, flickan har pojkens urvuxna. Ett år till har runnit mellan fingrarna som sand. En bild som dyker upp och hugger i hjärtat. Försöker slå bort den men det är hullingar på. Får inte loss den. Att det är ett sorgearbete att följa dem. Att jag aldrig mer kommer att få träffa dem så som de är just nu. Att vi kommer att stå här om ett år och de kommer att vara några andra medan jag är samma som nu. Vill frysa tiden men den enda som är fast här är jag. Lägger armarna om axlarna på dem och pojken frågar vad det är. Vrider bort huvudet så att han inte ska se tåren som jag inte lyckas hålla kvar.

Nu går en raket av snett på andra sidan kanalen och den passerar rakt över oss, bara några meter upp. Den starka krutlukten faller i ett smulregn. Små svarta prickar i snön. Ljuset går snabbare men ändå kommer skriken före när raketen smäller inne i ett vardagsrum i huset bakom. Balkongdörren har stått öppen och nu är det färger och eld i ett hem och det är en familj som hoppar ner från balkongen i panik.

Släpper pojken och flickan och rusar emot familjen som landat i en snödriva. Andra är på väg dit också, inte isdrottningen. Om jag fortsätter kommer jag att vara först dit men jag stannar och släpper försprånget. Någon annan är framme nu och jag behöver inte låtsas vara den som gör sådant här. Det är inte jag. Tar telefonen ur fickan och ringer nödnumret. När brandkåren är framme bara någon minut senare slår redan stora eldslågor ut ur lägenheten och jag letar efter isdrottningen en stund innan jag går hem med barnen. Hon är redan hemma och den sista gången hon pratar med mig säger hon bara ett ord. Ynkrygg. Hon kallar mig ynkrygg.

Sover på soffan de timmar som är kvar. På morgonen är hon borta.

Hon kom inte hem ikväll. Har inte försökt nå henne. Vet att hon inte kommer hem igen. Har väntat på den här dagen. Har vetat att den ska komma, att hon inte ska komma hem igen. Har vetat det alldeles för länge. Lägger pojken och flickan och tänker att jag ska städa undan hennes grejer men det finns ingenting att städa undan. Det finns inga spår. Borrar in ansiktet i hennes kudde men känner bara dun och tvättmedel. Det är som att hon aldrig varit här. Plockar ner fotot från Thailandsresan från väggen där vi solbrända tittar in i kameran. Står där en stund med det i handen. Tittar in i mina egna ögon som tittar rakt tillbaka. Tittar in i hennes men möts inte. Hon har blicken fäst strax ovanför kameran. Var på väg längre bort redan då.

Sätter mig i soffan och väntar på att sorgen, paniken, ilskan ska rulla in som en våg. Det går en timme. Det går två. Funderar på att ringa dig men du sover nog och jag har aldrig väckt dig. Aldrig sett dig yrvaken och förvirrad. De där sekunderna innan verkligheten landar.

Men hon var redan borta. Det är inte nu hon försvinner. Inte nu hon tas ifrån mig. Inte nu jag slipper henne. Känns inte som en lättnad riktigt men det känns enklare. Som att det kommer att bli enklare. Enklare att hålla värmen utan isdrottningen som andas frost på allt. Enklare att inte riskera att bränna sig på henne, stekhet och onåbar en armlängd bort.

Men vad ska jag säga till barnen?

69 Trettiofem decibel

Den första morgonen utan henne ser jag nagelsaxen ligga framme. Tar upp den. Hejdar mig. Hon är borta. Tittar på mina nyklippta naglar. Lägger tillbaka saxen. Lägger den längst ner i lådan under handfatet.

Barnen frågar inte efter henne den här första morgonen. Kanske är det för att jag låter dem äta de sockrade flingorna som vi annars bara tar fram på helgen. Hon är inte här och vi äter sockrade flingor. Hon är inte här och vi har teven på medan vi äter frukost. Hon är inte här och vi låter disken stå framme hela dagen.

Den bultande känslan långt ner klingar redan av. Avtar för varje kilometer söderut tåget rullar, hon i restaurangvagnen med ett glas champagne och flätan utsläppt. Bleknar för varje sjömil västerut atlantångaren stävar, hon på fördäck med håret fladdrande i vinden. Dämpas för varje meter norrut hennes vandringskängor kliver, hon på våta mossar och hala spänger med pennkjolen prydligt ihoprullad i ryggsäcken. Lugnar sig för varje mil österut propellerplanet svävar, hon på fönsterplats med ögonmasken på och pennkjolen som glidit upp och blottar strumpbyxans blommönstrade kant.

Hon är ingenstans. Överallt utom här och jag ser fingeravtryck på toapappershållaren men låter dem vara. Sätter dit fler. Tandborststänk på spegeln som jag inte torkar bort.

Frukostdisken har fått sällskap av middagsdisken och jag går och lägger mig utan att ha tagit hand om den. Somnar med sänglampan tänd och vaknar klockan tre. Skrapande ljud från snöplogen nere på gatan. Fyller försiktigt diskmaskinen för att inte väcka barnen. Sätter igång det korta programmet. Vi köpte den ultratysta. Bara trettiofem decibel. Krävs minst fyrtio för att väcka barnen. Räckte med tjugo för att hennes natt skulle ha varit förstörd. Somnar om mitt i sängen och vaknar till ren disk.

68 Skorna

Redan en hög vall av snö på sidan av gångvägen till skolan. Flickan går bredvid mig, hennes lilla hand i min men mellan oss min vante och hennes. Känner inte hennes varma små fingrar i min handflata. Pojken uppe på snövallen. Ramlar runt lycklig och trampar igenom med hela benet. Dra upp mig pappa ropar han och jag tvekar. Näst sista paret av de italienska skorna på mig. Hans blick där uppe, så glad. Ställer ner den tomma portföljen och känner försiktigt med sulan mot vallen. Kliver upp och greppar pojken under armarna. Han tjuter. Kasta mig säger han och jag kastar och det blixtrar till en bild i huvudet. Pappa som kastade mig i snön den vintern det kom tio gånger mer snö än någonsin tidigare. Hela staden i undantagstillstånd och folk kom inte till jobb och kunde inte lämna barn på skolor. Vi var borta vid hundkapplöpningsbanan där vi sett afghanhundarna tävla efter semestrarna. Deras långa päls som fladdrade där de yvigt jagade fram mot låtsasharen som löpte längs skenan i innerspåret. Det var när vi fortfarande var en hel familj. Det var innan de slutade med loppen på söndagarna. Nu är hundkapplöpningsbanan borta och sist jag var där syntes inte ett spår av den. Där läktaren stod har de rest en radhuslänga. Svart tegel och stora fönster där man ser rakt in. Det står stadsjeepar på parkeringsplatsen men där bakom hörs fortfarande det metalliska ljudet från baseballplanen. Slagträ av aluminium som möter bollen. Lädertäckt kärna av kork och de grova röda sömmarna.

På vägen ner från snövallen halkar jag till, glider fram med ena foten och den slår i stenkanten intill gångbanan. Känner hur klacken hugger fast och när jag återfått balansen ser jag att den lossnat från skon och ligger i snön. Plockar upp den och väger den i handen. Ner i jackfickan och fixar lämningen haltande på den trasiga skon.

Skomakaren vid tunnelbanan har morgonöppet och jag väntar medan han limmar på klacken. Utanför fönstret ser jag nya lyftkranar bakom stängslen. Fler och fler lyftkranar varje dag. Bredvid stängslet en stapel med gjutna betongplattor. Armeringsjärnen sticker ut. Räknar till sju plattor i stapeln. Ser inte någon av dem lyftas av kranen under den tid jag sitter och väntar. På tunnelbanan går jag in på Stadsplaneringsverkets hemsida i telefonen och söker efter byggplaner men hittar ingenting.

Blev du ledsen imorse pappa, frågar pojken på kvällen när vi ätit middag. Han står bredvid mig i köket medan jag plockar in disken i diskmaskinen. För vad undrar jag. För skon. Din sko gick ju sönder. Trodde inte han märkt det. Nej det är ingen fara säger jag och kramar om honom. Jag har ju flera par. Två timmar senare när jag lagt honom undersöker jag lagningen skomakaren gjorde. Den synliga limskarven. Skorna åker i sopnedkastet och jag tar fram det sista paret ur klädkammaren.

67 Stolen

På väg hem från jobbet ser jag att de har spänt upp skynken innanför stängslen. Ser bara lyftkranen sticka upp där bakom. Kroken rör sig längs vajern men jag ser fortfarande inte någon betongplatta lyftas. Räknar plattorna i stapeln igen och det är tolv stycken nu. På stängslet sitter en skylt om byggprojektet och ett datum när det förväntas bli klart men jag tror inte att de bygger något där bakom. Stapeln med betongplattor krymper inte. Den växer.

Gör en snabb köttfärssås medan spagettin kokar. Hon skulle alltid låta den stå på spisen i flera timmar. Dukar fram fyra tallrikar, bestick, två små glas och två vinglas. Flaskan öppen på diskbänken, luftar. Rött. Muskotnöten och det fina rivjärnet. Pojken och flickan hovrar i köket hungriga. Lockas av doften från grytan. Jazz ur högtalaren i köket. Hur hon hade hatat när jag spelade jazz. Häller av spagettin i durkslaget och sköljer snabbt för att den inte ska klibba. Tillbaka ner i kastrullen och ställer den på bordet. Grytan med köttfärssåsen bredvid. En styggelse sade hon första gången, att ha kastruller på matbordet. Ser min hand speglas i den välvda kastrullen när jag sätter ner sleven. Förvrängd och gigantisk.

Fyra tallrikar och fyra glas men vi är bara tre nu. Hugger till när jag kommer på mig med att ha dukat till henne också. Tar bort den fjärde innan pojken och flickan hinner komma till bordet. Vinet. Sätter flaskan under näsan och känner doften av fikon och gräddkola. Häller ut alltihop i diskhon och ser det mörkt röda virvla ner. Spolar vatten för att få bort det sista och byter ut mitt vinglas mot ett likadant som deras.

Ropar på dem och de kommer direkt. Vi sätter oss vid bordet. Stadigt tack vare kartongbitarna som fortfarande är kvar under det ena benet. Sträcker mig efter pastasleven för att lägga upp. Det skevar under mig och sedan ett knak när pinnstolens ben viker sig och jag är nere under bordet, på golvet. Tyst först och sedan brister det ut, gapskrattet. Pojken och flickan skrattar, jag skrattar. Minns inte när vi skrattade tillsammans senast.

66 Stöldgods

Har givit upp om tvättmaskinen nu. Luckan är fortfarande stängd och där inne kommer den blöta tvätten snart att börja mögla. Sköljer upp barnens underbyxor i handfatet. Än finns gott om rena pikétröjor till pojken och tunikor till flickan i garderoben. Mina skjortor lämnar jag in runt hörnet och får tillbaka dem strukna.

I köket ligger den trasiga pinnstolen kvar, bara knuffade undan den till ena hörnet. Börjar kännas svårt att hålla undan. Börjar kännas okej att inte hålla undan. I klädkammaren där allt så nyss hade sin plats ligger nu vårjackor inslängda och på golvet står den trasiga brödrosten. Skulle kunna lägga in pinnstolen där också men jag orkar inte ställa mig upp just nu. Skriver vidare till dig istället.

Berättade inte om samlingen med basebollar jag hade i en låda i mitt pojkrum. Vi stod där bakom i skogsdungen och när de stora killarna fick snedträffar var vi snabbt där och plockade upp bollarna. Efteråt delade vi upp dem mellan oss. Sparade mina ända tills jag flyttade hemifrån. Tror det var över trettio stycken. Vissa med sprucket läder så att man såg kärnan innanför. Vi gjorde aldrig någonting med dem, testade inte att kasta dem till varandra. Ingen av oss hade en handske att fånga med och de var så hårda. Så tunga. Inte heller visade vi för våra föräldrar att vi hade dem. Som om det var stöldgods och det var det väl.

Funderar på att gå tillbaka och ta bort det där med basebollarna men låter det vara kvar. Skickar inte något till dig ikväll heller. Kanske aldrig någonsin kommer att göra det.

65 Måsungen

Ditt flyttlass går nu. Får en skymt av er bil genom köksfönstret när ni rullar iväg. Fullpackad. Kastruller fastbundna med tampar i takräcket. Slår mot karossen när bilen gungar till över en kant. Påminner om något. Seriealbumet jag läste om och om igen. Var det guldgrävare det handlade om, som reste från by till by i jakten på lycka och rikedom? Eller drevs de ut av laglösa banditer? Fanns en hjälte där också, en ensam cowboy på en vit häst. Bilder av lurendrejare som doppats i tjära och rullats i fjädrar. Minns tydligast de där familjerna som rullade iväg med hela sina bohag surrade på skraltiga hästvagnar och det här är inte så långt ifrån. Ni har allting med er och nu svänger ni runt hörnet och är borta. Redan långt borta. Så fort ni är utom synhåll är det som att ni är mil härifrån. Och här en märklig känsla av att inte ha hunnit iväg. Att ha blivit kvar.

Står utanför lunchrummet och hör dem diskutera vems fel det är där inne. Tiggarnas fel, parasiter från landsbygden som vill försörja sig på vårt dåliga samvete. Ska vi stadsbor som ansträngt oss hjälpa dem som bara sitter där dagarna igenom och sprider sjukdomen? De arbetslösas fel, de som inte lyckats få anställning och nu driver runt och nöter ner staden tegelsten för tegelsten, koppartråd för koppartråd. Baskrarnas fel säger någon men får inget medhåll. De försöker ju i alla fall fixa det, kommer svaret. När jag kommer in dör diskussionen. Frågar någon vems fel vad är men får inget svar. Det är ingen som svarar mig något längre.

Utanför porten ligger en död fågel i snön. Måsunge. De skära inälvorna som sprängt fram genom de mjuka dunen.

Det är först när jag skriver om det till dig som det slår mig att det är helt fel tid på året för att se en måsunge.

Redan nu går mitt sista par italienska finskor sönder. Hade trott att något annat skulle komma emellan men det var heller inte någon bra idé att använda dem utomhus så här års. Skulle haft dem på jobbet istället, bytt om vid skrivbordet från rejäla kängor. Fått stå och smälta grå snö ur den grova sulan hela dagen. Grått smältvatten ner i den grå heltäckningsmattan.

Blir inga kängor. På lunchen köper jag ett par sneakers i en skobutik en våning ner under gatan. Lämnar kvar de trasiga skorna i butiken. Bara låter dem stå kvar vid den låga lutade spegeln. Vinklad så att jag ska kunna se mina fötter i de nya skorna. Tvekar en stund mellan blå eller svart. Slutar med att jag tar båda. Betalar och ska ta rulltrappan upp från butiken men stannar där. Sneglar bort mot de kvarlämnade skorna. Knöt dem en sista gång. Min genomskinliga kropp strålar upp ur skorna som ett hologram, frusen i tiden. För alltid ogreppbar i trasiga prydligt knutna italienska finskor.

En annan hållning i sneakers. En annan hastighet i steget. Hemma testar jag i hallspegeln med den tomma portföljen men det går inte ihop. Det är pojken du lärde känna och mannen jag blivit i en och samma kropp och jag vill inte släppa taget om pojken. Vill inte släppa taget om dig.

På väg ner till mataffären tänker jag på hur skönt det är nu när isdrottningen lämnat. Hur mycket lättare morgnarna blivit när jag inte behöver akta mig för att bränna mig på henne. Hur mycket lättare det är att inte behöva koncentrera mig när hon passerar mindre än en armlängd bort helt avklädd. Hur mycket lättare det är att inte känna hur det suger till. Att vara av med den längtan. Går förbi gymmet på hörnet. Inte varit där på flera dagar nu. Ser de unga killarna där inne som flexar framför spegeln. Deras pumpade muskler under tunn hud. Undrar hur den skulle kännas mot tungan. Den tanken får det att vattnas i munnen och jag sväljer förvånat.

Ställer mig i kön till kassan med min fyllda varukorg. Som alltid som en zombie. Det är fem personer framför mig och det här är tid som bara ska gå. Det här är tid då jag ger mig in långt in i mitt eget huvud men så lockas jag ut därifrån av en blommig doft. Lyfter blicken och fäster den på en tajt jeansbak. Det här borde jag inte skriva till dig och jag önskar att jag kunde berätta något annat om henne eller låta bli helt. Samtidigt behöver jag berätta om allt som verkar viktigt. Den tajta jeansbaken verkar viktig och jag tittar på den alldeles för länge. Stirrar på den alldeles för länge. Reducerar kvinnan framför mig till tajt jeansbak. Hennes akademiska utbildning, hennes drömmar och hopp, hennes starka vilja och sårbara hårdhet, hennes oväntade svar, hennes rätt att vara outgrundlig, hennes förväntningar på sin samtalspartner, hennes oro, hennes rädsla, hennes mod. Hennes rätt att ändra sig utan anledning. Allt detta reducerat till en tajt jeansbak. Allt hon är för mig är en tajt jeansbak och jag är torr i munnen men fuktig i handflatorna.

Det är hennes tur nu och hon lägger upp aubergine på bandet. Hon lägger upp en massa andra saker också och när hon sträcker sig över kanten följer hennes korta dunjacka med upp och blottar glipan ovanför byxlinningen. Kritvit vinterhud, som min. Utsläppt hår som aldrig tvingats in i stram fläta.

Bredvid kassan stället med kvällstidningar. Löpsedeln lockar med jordbävning i södra landet. Den största som uppmätts. Köper tidningen och medan jag packar ner mina varor i en kasse ser jag henne lämna affären i ögonvrån.

87

Läser om jordbävningen men blir besviken. Inget drama. Ingen som skadats, inga större materiella skador. En brunn på en avlägsen gård som rasat samman är allt. Kommunen har redan ordnat med en vattentank och garanterar vattenförsörjning tills brunnen kan tas i bruk igen.

63 Rökta räkor

Den ilande smärtan när knät slår emot den stängda spärren i tunnelbanan. Drar mitt transportkort en gång till men det är bara det röda krysset. Går fram till luckan. Räcker fram kortet till spärrvakten. Hon håller upp det mot ljuset och drar ut en låda i sitt skrivbord. Lägger ner mitt kort och stänger lådan. Något i ögonvrån, vänder mig om. Väktarna med baskrar några meter bort. En av dem trummar med fingrarna på batongen. Tillbaka till spärrvakten, vill ha tillbaka mitt kort men får inte fram orden. En rörelse igen från sidan. Han med batongen som tagit ett steg fram mot mig. Släpper det och går därifrån. Upp till kiosken för att köpa ett nytt kort. Den unge killen i kassan ber om legitimation. Har aldrig behövt visa legitimation för att köpa ett transportkort. Letar efter det i jackfickan men ångrar mig.

Promenerar till jobbet. Kommer att bli sen men har slutat att bry mig nu. På vägen ser jag reklamskyltar. Ett nytt virushämmande tuggummi. En man och en kvinna som ler med bländvita tänder. Raka ryggar och ett vältränat bröst under hans vita skjorta. Tyget som spänner mot det. Blonda båda två. Blå ögon. Fotade snett nerifrån och jag känner igen den här estetiken. Starka och friska unga människor. Klassiska stereotyper. Svänger in i butiken bredvid kontoret och frågar efter tuggummit men det är slut. Ingen ny leverans förrän nästa vecka.

Tillbaka i skobutiken på vägen hem, skorna står kvar där jag lämnade dem. Ställer ner min tomma portfölj bredvid dem och går snabbt därifrån. Att ingen ser mig. Att ingen tänker på att jag kunnat lämna en bomb i portföljen. Att den kunnat detonera strax efter att jag lämnat butiken. Trotyl, småspik och glasskärvor. Tidsinställd eller fjärrutlöst. Tryckvågen och de fula frakturerna. Köttsår, kraftiga blödningar, någon som förlorar synen. Amputationer. Röken, larmet och paniken. Räddningspersonal som är där på några minuter men då står jag på andra sidan gatan som vem som helst. En nyfiken förbipasserare med telefonkameran redo.

Det är flera minusgrader ute och ingen nysnö har fallit på flera dagar. Den snö som ligger har hunnit trampats kompakt och mina sneakers greppar tillräckligt i den kristalliga ytan. Inget att sjunka ner i. Inget som töat och tränger in och blöter ner mina fötter. Nu är jag bara den pojken för dig. För vem som helst som inte vet är jag pojken. För den som inte suttit i det stora konferensrummet idag och lyssnat på min dragning för ledningsgruppen kunde jag vara en student eller en telefonförsäljare. Utan portföljen, i de här skorna, skulle jag kunna vara någon annan. Det skulle kunna börja nu.

Det skulle kunna börja med att jag köpte rökta räkor. Det går inte att få tag på rökta räkor så här års men det skulle kunna börja så. Det vita vinet redan på kylning och barnvakten på väg. Nyduschad, nyrakad och nyklippta naglar. Några stänk av parfymen och manschettknapparna på plats. Vit skjorta. Eller den rutiga med vanlig knäppning. Det skulle kunna börja med att jag lade ner manschettknapparna i sin ask och inte tog fram dem någonsin mer. Ingen jacka och bara några snabba steg över gården. Den bitande vinterkylan som får mig att kvickna till. Det skulle kunna börja med att hon bodde där på den andra sidan och att jag kunde hennes portkod. Så stod jag utanför hennes ytterdörr och ringde på. Räkor, vin och en blombukett. Så öppnade hon lite förläget och jag räckte fram blommorna och log så att det fanns utrymme att se det som ett lustigt skämt eller uppriktig chevalerism. Det skulle kunna börja med att det inte fanns ett barnrum där. Så mycket enklare om det inte gjorde det. Om det inte började med att vi behövde lyfta legoborgen från soffan innan vi satte oss där med trevande händer. Om vi inte flera timmar senare behövde vara tysta för att inte väcka hennes sovande barn. Om det inte fanns ett löfte om något annat än att tillsammans ta oss igenom en ensam kväll när jag krängde av henne de tajta jeansen.

Sedan på morgonen när jag vaknar i min egen säng skulle det kunna börja med att jag inte kom tillbaka till kontoret. Det skulle kunna börja nu.

Men jag kommer tillbaka en gång till och han har på sig röda framgångsbyxorna idag igen. Det släpiga jävla tugget. Går på utsidan av skorna. Hjulbent. Han är inte hjulbent. Såg honom i kapprummet när han trodde ingen såg. Gick vanligt. Den idioten går hjulbent med flit för att se manlig ut. Som om det är något mellan benen som tar för stor plats.

Lunchar med ekonomichefen. Vi pratar en stund och så kan jag inte hålla mig. Har du sett det också frågar jag. Att han bara låtsas vara hjulbent. Vem, frågar hon. Säljchefen, det är bara fejk. När jag säger det skrattar jag så att hon får lov att skratta med men jag får en isbit i magen. Att jag gått för långt. Att jag litat på fel person.

Det var en till sak i lådan, den som breven från dig låg i. När den gick sönder i klädkammaren var det en sak till som gled ut. Diplomet från intelligensinstitutet. Klubben för medborgare med särskilt hög intelligens. Gjorde deras test då och blev accepterad som medlem men visade det aldrig för dig. Du skulle tyckt det var fånigt och jag ville inte vara fånig inför dig. Det ligger där hemma nu. Ett papper med mitt namn och deras emblem på, sträckt bakom glas i gul ram. Att ta med det till kontoret och sätta upp det bredvid mitt skrivbord. Så att han fick se. Så att han kunde plocka bort det överlägsna flinet han drar till med när han inte förstår. Vet att han vet att jag är smartare än han och ändå kommer han undan.

Lämnar kontoret för sent. Skyndar ner mot tunnelbanan men inser att jag inte har något transportkort. Blir en rask promenad genom staden och är framme ännu senare för att hämta upp pojken och flickan. Är den stressade pappan som manar på dem och inte låter dem göra klart. Teckningen, biljardpartiet, vi lämnar dem ofärdiga. Det ska sitta som en tagg om några timmar när det blivit tyst. Att jag inte lät dem göra klart.

Vi handlar mat som tar mindre än trettio minuter att laga. Vi går förbi stängslen med skylten och pojken stannar och spanar in. När flyttar igelkottarna in, undrar han och jag svarar att de kommer till våren men jag vet inte vad jag pratar om. Flickans klentrogna blick, hon vet att jag inte vet.

I trapphuset sitter katten och värmer sig. Flickan sätter sig på huk och klappar den. Spinner och stryker sig mot henne. Kan inte vi ha en katt, säger hon till mig. Skyndar på henne mot hissen, måste börja med den alldeles för sena middagen. Öppnar porten för att schasa ut katten men den fräser mot mig och jag släpper det. Visar sina skarpa tänder. Nej det kan vi inte, tänker jag på vägen upp. Vi kan inte ha en katt.

Låser upp ytterdörren. Det enda låset. I taket en naken glödlampa där takkronan hängde förut. Skarpt ljus medan vi hänger av oss ytterkläderna. På skänken står burken med fiskmat kvar men Elvis har inte kommit tillbaka och det slår mig att flickan har slutat fråga efter honom nu. Tror kanske att han till slut gått vilse i labyrinten. Det slår mig också att ingen av dem har undrat vart isdrottningen har tagit vägen.

Hackar grönsakerna på en tallrik, har inte skaffat någon ny skärbräda ännu. Dukar fram. Handflatan mot bordsytan, testar. Funkar fortfarande med kartongbitarna. Stadigt nog för oss. Stadigt nog för tre runt bordet som småpratar sig igenom en alldeles för sen, alldeles för enkel middag.

61 Källarförrådet

Halva vardagsrummet är fyllt med kartongerna från källaren. En lapp i brevlådan imorse: Ert förfogande över källarkontor 151 har omgående dragits tillbaka och ni anmodas omedelbar tömning. Oföljsamhet är belagd med vite och långtgående åtgärder i enlighet med de nya bestämmelserna. Nu står allting här uppe och jag vet inte vad jag ska göra.

Går ut på balkongen. Där nere släpar katten iväg den döda måsungen. Blir bara fjädrar kvar i snön.

Lappen kvar på diskbänken. Ingen avsändare men något med tonen som gjorde att jag skyndade på det. Att jag spenderade den här lediga dagen med att hämta upp allting medan pojken och flickan kollade på film. Stod där sedan framför det tomma förrådet. Några färgglada pärlor kvar i dammet på golvet i källarkontor 151. Satte hänglåset i gallret. Låste fast det och tog med mig nyckeln.

Tar med mig lappen och går ut i trapphuset. Grannens ytterdörr, ringklockan. Två tryck. Bestämt, innan jag hinner ångra mig. Hon öppnar och jag visar lappen men hon har inte fått någon säger hon. Det är när hon hostar till som jag ser att hon är röd runt ögonen och näsan. Att hennes hår är stripigt och fett. Hälsar alltid så glatt på pojken och flickan när vi stöter ihop. Inte brukar hon se sjavig ut? Länge sedan tänker jag men är inte säker. Näsduken upp ur fickan, hon snyter sig och ber om ursäkt. Det är så märkligt, säger hon. Den här förkylningen som aldrig vill ge med sig.

Vi bygger en labyrint föreslår de och jag har inget bättre förslag. Tre flyttkartonger i höjd räcker perfekt för att de inte ska se över och vi hjälps åt att flytta runt dem så att det bildas gångar och återvändsgränder. Du är monstret, säger flickan. Du är monstret och jag är prinsessan. Hon pekar på pojken. Han får vara riddaren som ska döda monstret och rädda prinsessan. Vi kör flera gånger och riddaren både dödar monstret och blir uppäten av det.

Sitter hopträngda på barstolarna framför den lilla köksteven. Fjorton tum lättsmält underhållning. Några kändisar som gör bort sig på olika sätt och skämt som seglar högt över huvudet på pojke och flickan. Hoppas jag.

När de läser en stund innan släckning går jag runt bland kartongerna i vardagsrummet. Kläder som ingen av dem kommer att ha på sig mer. Enhjulingen jag köpte och lärde mig cykla tio meter på sommaren innan flickan kom. Alla mina böcker från universitetstiden. Alla hennes.

Bland alla bruna kartonger finns också fem vita som jag hade med mig när vi flyttade ihop. Kartonger som stått oöppnade sedan dess. Kartonger som isdrottningen aldrig fick se innehållet i.

Kör tandtråden framför badrumsspegeln och går lite för hårt åt tandköttet som börjar blöda. Spottar blod i handfatet, ilsket rött mot den vita emaljen. När jag tittar upp igen tittar monstret från labyrinten tillbaka på mig.

Jag är monstret.

60 Tentakler

Det är något som inte stämmer. Du kanske tycker att det har tagit mig väldigt lång tid att förstå det. Fyrtio dagar sedan köksbordet började vicka. Knappt hälften så många sedan hon försvann. Det skulle vara så enkelt att skriva det till dig. Att skriva att det är något som inte stämmer men det tar emot. Det är som att jag står vid dörren och håller emot och där utanför försöker gigantiska bläckfiskar, stentroll med påkar och rymd- män med spegelblanka visir ta sig in. Sätter hälarna i golvet och pressar med all min tyngd och än så länge lyckas jag hålla dör- ren stängd. Så jag skriver det inte riktigt ännu trots att en av bläckfiskens långa tentakler letar sig in genom brevlådan och snor sig ett varv runt mitt ben samtidigt som jag hör hur det går flisor när stentrollet hamrar på med påken och rymdmän- nen gör sig redo att kliva in.

Sätter mig upp med ett ryck i sängen. Klockan är halv tre på natten och jag är dyngsur av svett. En febrig dröm om bläck- fiskar, stentroll och rymdmän dröjer sig kvar och det tar flera minuter att sortera ut vad som är verkligt. Inte helt säker på att jag lyckas. Öppnar balkongdörren för att svalka mig men stänger fort när minusgraderna slår emot min blöta kropp. Är jag också sjuk nu? Kollar min temperatur men ingen feber. Lyser med ficklampa i svalget men ser ingen svullnad, ingen rodnad.

Byter lakan och får någon timmes sömn innan väckarklockan ringer. Slipper bläckfiskarna och stentrollen. Står i duschen och försöker vakna till. Fjärrkontrollen till köksteven på skänken, sätter på den på väg mellan badrummet och sovrummet. Lju- det av morgonnyheterna brukar kunna locka upp dem. Drar på mig boxershorts och en vit tshirt men så märker jag att det är tyst fortfarande. Går ut till köket och köksteven. Skärmen svart. Testar med knappen på teven men den är stendöd. Nu är vi helt utan teve.

Får liv i barnen ändå och utan distraktionen från teven är vi klara med frukost och påklädning långt före det vanligtvis så pressade tidsschemat. Vi hinner med ett parti vändtia som flickan vinner. Den här gången klarar pojken det bra.

På kontoret delar ledningen ut virushämmande tuggummin. VD går runt med en korg och jag tar ett paket. Frågar inte hur de fått tag på dem. Frågar inte om vi får dem på bekostnad av andra som kanske behöver dem bättre. Minns bara febersvetten från inatt och vid mitt skrivbord öppnar jag paketet och tar ett tuggummi. En skarp mintsmak men också något annat, något jag inte kan ringa in. Över skärmen ser jag mina kollegor tugga. Käkar som maler och muskler vid tinningar som böljar under huden. När jag blundar hör jag hur det knastrar mellan deras tänder, inte mina.

Det är när jag tar det femte tuggummit ur paketet som jag kommer på att det är asfalt, den andra smaken. Det är också då jag läser på paketet att man inte bör ta fler än tre per dag. Att smaksinnet kan påverkas vid överdriven konsumtion.

På vägen ut ser jag korgen med tuggummipaket stå kvar på bordet vid receptionen och efter att ha försäkrat mig om att ingen ser tar jag snabbt ett paket ur korgen och stoppar det i jackfickan. Först ute på gatan kommer jag på att receptionen är kameraövervakad.

59 Islandskap

Får ett meddelande från grannen på landet, det är något med huset. Lämnar pojken och flickan och ringer mig sjuk. Två timmar tåg genom ett snölandskap. Ett kallt byte halvvägs på en tom perrong. Stora gruskorn nedtrampade i snön och utandningsluften som rök ur munnen. På andra sidan stängslet tomma cykelställ och i kulissen tornar domkyrkan. Ensam i vagnen på det andra tåget.

Går de två kilometerna från tåget. Den smala vägen som rundar hagen där vi sett korna släppas ut om vårarna. Passerar den stora ladan som byggdes om till kursgård för två år sedan. Den vildvuxna tomten med båtarna. Den äldre mannen som alltid sade att nästa sommar kommer de i sjön. Slipade och lackade och snickrade på sina två träbåtar. Så kom hösten och hjärtinfarkten och nu står de där täckta av snö och nästa sommar lär nog dröja.

Framme vid huset ser allt normalt ut. Är det falskt alarm? Vad är det grannen sett? Han ville inte säga på telefon. De två stora björkarna hänger kala över grusgången. Staketet har rasat lite till under tyngden av snövallen bredvid vägen. Silvergranen som bara nådde mig till knäna när vi köpte huset snuddar nästan vid telefonledningen som sträcker sig tvärs över tomten mellan vårt hus och grannens. En kastvind får tag i träden och det rasslar till. Ett annat ljud där också. Barnskratt från förra sommaren som blivit kvar, virvlar runt i vinden och hakar fast i träden innan de drar vidare ut över vägen. Försvinner bort mellan de glesa tallarna och ut över åkern. Hugger till i bröstet och en tanke där att jag inte ska få höra dem igen på den här platsen. Att vi inte ska spela kubb på tomten i eftermiddagssolen. Pojken som kastar för långt och flickan som kiknar av skratt när jag försöker få ut pinnen och fastnar i granen. Att vi inte ska trängas framför glödbädden med våra marshmallows på grillpinne. Hoppställningarna i vinterförvar i boden bredvid den trasiga hammocken. Pojken som klarade högsta. Seglade viktlös över. Flickan som dubblerade sitt rekord på ett par sommarveckor. Att få se dem hoppa igen.

Sätter nyckeln i låset och tvekar innan jag vrider om. Lägger handflatan mot dörren och samlar mig. Öppnar och tar ett steg in. Inte falskt alarm. Hallgolvet är täckt av is. Köksgolvet är täckt av is. Från diskbänkskanten hänger decimeterlånga istappar. De nedre skåpluckorna infrysta och jag tar tag i handtaget som sticker ut men inget händer. Det är flera centimeter tjock is och jag tar en sked från diskstället och hackar. Har inte registrerat situationen än men håller den iskalla skeden i min bara hand och slår spån av is för att kunna öppna skåpet under diskbänken. Kallare här inne än ute, månader sedan vi slog av värmen inför vintern och stängde av vattnet. Kommer igenom med skeden och lyckas bända upp skåpet. Krasar när sjok av is rasar ner. Där vattenröret som kommer in från grunden och avstängningskranen som ligger bredvid sitt fäste. Sprängts loss av trycket? Sågats av? En frusen fontän upp genom hålet. Hur länge har det forsat fram? Upp genom avloppsgallret i diskbänken och ut i hela huset. Ett islandskap, totalförstört. Trägolvet som bågnar under isen. På väggen teckningarna från pojken och flickan som jag fick på min födelsedag. På en krok i taket hänger papperskycklingen med de rosa fjädrarna kvar från förra påsken. Fick hänga kvar hela sommaren. Isdrottningen som ville ta ner den. Ville ha mig på sin sida men jag lade ner min röst och barnen fick ha den kvar.

Går ut, lutar mig mot husfasaden. Skuggan från tallarna sveper över den faluröda panelen. Snabbt. Snabbare än vanligt? Är det de starka kastvindarna som drar skuggan med sig? Eller snurrar jorden snabbare nu än den borde? Som om vi kommit i självsvängning och med accelererande fart dras ned mot det obevekliga.

Under snötäcket väntar mördarsniglar på att vakna ur sin dvala. Förra sommaren var de över två decimeter långa. Vi plockade dem i skymningen. Varje kväll hinken full. Isdrottningen som njöt av att klippa dem med trädgårdssaxen, jag klarade det inte. Fem millimeter från huvudet för skonsam avrättning läste vi och hon klippte längre ner. Alltid längre ner.

Finns inte mycket mer att göra här efter att jag har ringt försäkringsbolaget. Låser och lämnar. Går samma väg tillbaka mot tåget. Bakom en krök ligger ett omkullvält träd över vägen. Låg inte där förut. Ligger tekniskt sett inte där nu heller, någon har varit här med motorsåg och röjt bort den del av det välta trädet som annars hade blockerat min väg nu. Har inte kollat på klockan men kan inte ha varit vid huset mer än någon timme. Har trädet hunnit välta och bli undanröjt på den tiden? Går fram till det. Lägger handen mot den kapade ytan och känner den kvardröjande värmen från sågkedjan.

58 Torktumlaren

Tvättmaskinen står fortfarande stilla med den blöta tvätten innanför luckan som inte går att öppna. Sköljer upp mina febersvettiga lakan som legat i badkaret i ett par dagar. Mina knän ömmar mot klinkergolvet, ovant stå så här, men det finns också något påtagligt tillfredsställande i att gnugga lakanen rena för hand. Skickar in dem i torktumlaren när jag spolat igenom dem med duschen för att få ur tvättmedlet.

Stänger dörren till badrummet och tar fram gummibandet jag fick av sjukgymnasten. Gör mina övningar för axeln som hon instruerade mig. Känns bra att ta i även om ansträngningen bara är en bråkdel av vad min rehabiliterande kropp hungrar efter. Ställer mig längre ifrån så att gummibandet sträcks och jag tvingas ta i mer men efter fem varv börjar det göra ont. Känns fortfarande långt borta att simma längder i bassängen. Saknar känslan av att glida viktlös genom vattnet. Smaken av klor och tystnaden nere under ytan.

Öppnar planlöst en av flyttkartongerna från källaren. River runt lite bland gamla reseminnen, både före och efter barnen. Ställer upp några foton på fönsterbrädan bakom soffan. Flickan i rosa badrock. Pojken halvt nergrävd på stranden. Isdrottningen i spegelblanka solglasögon och bikini. Tar upp några till ur kartongen men efter fem foton börjar det göra ont. Vet inte vad jag förväntat mig men plockar snabbt ner alltihop i lådan igen. Arrangerar om så att den hamnar längst ner under tyngre kartonger med fotoutrustningen hon ville spara och mina tennsoldater.

Steker kycklingburgare till pojken och flickan. Skräpmat hade isdrottningen sagt. Ropar till dem att tvätta händerna och när de kommer till bordet klagar pojken på att det är så varmt och fuktigt i badrummet när torktumlaren är på. Hjälper dem med hamburgerdressingen och hyvlar gurka med osthyveln, tunna krispiga skivor.

Så mullrar det från badrummet och jag tänker att de lämnat dörren öppen men den är stängd. Genom mullret skär ett isande tjut och sedan slår det lock för öronen när en explosion får dörren att fara upp. Lister och foder följer med i ett moln av flisor och det går upp en spricka i gipsväggen mellan badrummet och köket. En reva i fondväggen hon valde. Timmar med färgprover i butiken och ändå ändrade hon sig så att vi fick ta dit målarna igen. Mer grönt i det blå. Mer hav än himmel.

De gråter inte ännu. Flickan med händerna över huvudet och pojken som kastat sig ner på golvet från sin stol. Upptäcker att jag sitter på huk, har tagit skydd. Tar mig fram till dörröppningen i den positionen och tittar in. Förödelsen som avtäcks när dammolnet lägger sig. Torktumlaren har exploderat och skärvor av bucklig plåt från chassit har spridit sig i badrummet. En av skärvorna ligger precis innanför tröskeln och jag tar upp den. Klistermärket med varningstexten sitter kvar. Torktumla aldrig kläder som fått olja på sig eller som du använt fläckborttagning på, står det. Lakanen, bara sköljda med tvättsåpa och varmt vatten.

Märkligt nog har inget annat i badrummet tagit skada men det tar timmar att städa upp och innan dess lång tid att lugna pojken och flickan. Hela natten vrider jag mig och försöker stänga ute bilder av sönderskuren hud. Sönderskuren barnhud. Vassa plåtskärvor över ömtålig barnhud. Tränger bort de bilderna men de tränger sig tillbaka. Så brottas jag med bilderna hela natten och får ingen sömn.

Bara minuter innan explosionen tvingade jag in pojken och flickan för att tvätta händerna. Om jag hade kört lite längre med axelövningarna. Grävt en stund till i kartongen med fotona. Om hela serien av händelser förskjutits bara en liten bit i tiden så hade de varit där inne. Och det hade varit mitt fel.

Den skräcken kostar mig en natts sömn men när jag kliver ur sängen vet jag att det har varit ett lågt pris att betala.

57 Gåtan

HR-chefen är på besök från huvudkontoret. Han har tagit morgonflyget och nu står han här i köket huvudet högre än alla andra. Med sina två meter har han medfödd alfastatus och flocken följer varje steg han tar. Vad fan gör han här? Håller mig på min kant genom frukostmötet, slipper gärna hälsa och lyssna på när han låtsas ha tappat ord efter sina tre år utomlands.

I slutet av mötet ställer han sig upp och får ordet. Han berättar att de inte har några problem med sjuk personal på huvudkontoret. Inga problem med förhöjda sjuktal, det är orden han väljer. Det är vad mina kollegor som ligger hemma med feberhallucinationer är i hans dator. När de kryper till toaletten för att lederna gör för ont att räta ut är de en siffra som lyser rött i hans kalkylark. När den halva skivan vitt bröd kommer upp igen tillsammans med den ljumma buljongen de kämpat en halvtimme för att få i sig är de ett problem för hans mätvärden. Vi måste samarbeta för att nå våra gemensamma key performance indicators säger han. Nyckeltal är visst ett ord han skrivit upp på listan över ord att låtsas glömma bort.

Kort efter mötet får jag en nyhetsnotis i telefonen, en större jordbävning långt norrut. En gruva har rasat samman och dragit med sig de två sista husen på gatan. De som bodde längre upp hade tur. Står på stadig mark tre mil västerut efter flytten som gick för några veckor sedan. Hus för hus flyttar de hela staden för att kunna expandera gruvan. Breda lass med kompletta hus som sakta och kontrollerat körs genom de trånga gatorna, förbi träkyrkan och flygplatsen. De här två sista kommer de inte att behöva flytta på.

På vägen hem köper jag en tvätthiss som jag monterar i taket ovanför badkaret för att kunna hänga upp lakan och handdukar nu när torktumlaren exploderat. Det är en sådan tvätthiss vi hade när jag var liten. Där ovanför hängde underkläder på tork medan jag badade med skum och pappa lekte bananerna anfaller med mig. En gul sjöstjärna av plast och den orangea båten som kunde spruta vatten.

Vid middagen berättar pojken en gåta för mig. Tänk dig att du är ensam på en öde ö, säger han. Du har fyra tabletter, två blåa och två röda. Du behöver ta exakt en av varje för att överleva. Problemet är bara att du är blind. Hur gör du? Kommer inte på svaret och han avslöjar det inte. Låter mig klura.

När jag inte kan somna tänker jag på gåtan. Det är helt mörkt i rummet och jag tänker på hur det skulle vara att vara blind. Vilka sinnen skulle jag använda för att välja rätt tabletter? Går upp och ut i vardagsrummet. Trampar på vassa gruskorn i hallen. Den tiden på året då grus följer med in under grova sulor och blir kvar. För sent köra dammsugaren nu. Blev ju ingen robotdammsugare som kan jobba när vi inte är hemma. Var det därför isdrottningen försvann? Var det droppen för henne, att jag valde att inte slåss mot leoparder och vargar för att få tag på en robotdammsugare? Eller hade hon redan bestämt sig?

Det är släckt i lägenheterna mittemot, på andra sidan gården. I en av dem kanske hon bor, kvinnan från kön i mataffären. Där inne kanske hon sover, de tajta jeansen hängda över en stol. Om hon vaknade och gick upp kanske jag skulle se en rörelse där i det mörka. Hon kanske skulle tända en svag lampa i hallen så att jag såg konturerna av hennes kropp. Nattlinne och barfota. Eller naken. Hon sover naken och går upp naken på natten. I mörkret följer min oseende blick linjen från hennes hals ner över de vältränade axlarna, höfterna och ner över anklarna. Upp längs med insidan av låret. I mörkret kan jag blunda och se henne. Med lampan släckt finns det inget som kan stoppa mig. Med lampan släckt kan jag rikta ljuset vart jag vill och låta blicken vandra.

56 Thaiboxning

Thaiboxning på lunchen igen. HR-chefen passar på att hänga med när han ändå är i stan. Ser noga till att inte placera mig i närheten av honom i träningslokalen. Hans två meter ger honom en fruktansvärd räckvidd med både ben och armar och det är nästan omöjligt att ta sig in utan att bli träffad.

Vi är åtta från kontoret nere i källarlokalen och vi vet alla att det är mer på spel än risken att få en smäll på käften. In i clinch och min svett som blandas med min motståndares. Nära maxpuls och saliven som stänker från frustande läppar. En snedträff över ett kindben och sömmen på handsken som rispar upp ett ytligt sår. Bara några droppar rött syrerikt blod kan räcka. Vem som helst av oss kan bära på viruset. Vem som helst av oss kan vakna upp inatt med en febrig hosta som river i bröstet.

Vi inleder med tio minuter hopprep och avslutar med tio minuter sparring. Naturligtvis hamnar jag i par med säljchefen. Han petar in tandskyddet och huden runt hans bruna ögon pressas ihop av den röda hjälmen. Självklart valde han den röda. Jag i blå. Han sätter upp garden och roterar fram axlarna. En fot bak. En fram. Jag testar försiktigt med några lätta slag mot hans gard. Sätter upp ett knä som han parerar. Han testar en spark upp mot bröstet men mina händer är där. Så ett oväntat ljud utifrån, en bil som rivstartar utanför det höga källarfönstret? Han tappar fokus för en tiondels sekund samtidigt som jag testar min gräns och viker upp en hög spark mot hans huvud. Har jag passat på? Såg jag att han tappat fokus? Vet inte ens själv men känner träffen. Fotblad mot tinning. Den där känslan man letar efter i tennis när forehanden sitter, baseballspelaren som låter slagträet bli en förlängd arm eller höjd-

107

hopparen som får med sig hela farten uppåt. Han hinner inte sätta emot någonting och ligger raklång på träningsmattan innan jag är tillbaka nere med foten på mattan.

HR-chefen är där och försöker ruska liv i honom. Knuffar undan mig och jag är nära att trampa snett. Tränaren kommer med en flaska ammoniak och med den under näsan kvicknar säljchefen till. Fortfarande kvar på knä bredvid den omtöcknade ger mig HR-chefen en utskällning inför mina kollegor. Du vet att jag måste skriva rapport på det här, säger han. Det här är en arbetsmiljöincident och vi har protokoll för sådant här. Visste inte att thaiboxningslokaler i källare ingick i vår arbetsmiljö säger jag, hinner inte stoppa mig. Vet att det är fel strategi att provocera honom. Han ställer sig upp och när jag tvingas luta bak huvudet för att kunna se honom i ögonen där uppe ser jag att han har prillan kvar. Den trängs innanför överläppen med tandskyddet och det är en brun sörja innanför den halvgenomskinliga plasten. Det är allt jag kan tänka på när han fortsätter ösa ord ur sin manual. Att han har munnen full av brun sörja.

Promenerar hem med lätta steg efter att ha gjort klart min del av budgetprognosen för kommande kvartal under eftermiddagen. En känsla av att ha åstadkommit något viktigt, och det är inte mina diagram jag tänker på. I hörlurarna en gammal spellista som jag hade glömt och nu slumpmässigt scrollat ner till. En nostalgimix. Andra låten är den vi dansade till i hifibutiken, kommer du ihåg det? Vi gick dit efter skolan fast vi inte fick och tittade storögt på högtalarna och förstärkarna. Den här låten kom på och vi buggade, du visade mig. Du hade blont hår och snickarbyxor och du var helt orädd. Sedan åkte vi upp med hissen i höghuset och gick ut på loftgången. Där nedanför såg vi hela vår värld. Tegelpannor ovanpå tegelhus och bussarna som rullade in från motorvägen.

Men det kan inte stämma. Det var flera år innan vi träffades och på en annan plats. Du bodde i andra änden av motorvägen med din mamma och katten som trampade i smöret när vi åt mackor till mellanmål. Du hade kastanjebrunt hår och ovanför matbordet hängde en stor tavla med en ängel på.

Det är jag som skrivit in dig i det här minnet. Det är inte ditt. Ändå ser jag dig när jag blundar och känner dina tunna fingrar i mina händer när du visar mig stegen och drar runt mig i en snurr. Vi är nära att välta en av högtalarna och mannen som har butiken jagar ut oss. Den finns inte kvar längre, butiken. Ett tag låg det ett solarium där men sist jag var förbi sålde de rättvisemärkt kaffe bakom disk till unga män med långa skateboards under armen.

När jag sätter nyckeln i låset öppnas dörren bakom mig. Grannkvinnan kikar ut, grå i ansiktet, uppenbarligen fortfarande sjuk och ser sämre ut. Försöker gömma pojken och flickan bakom mig. Skydda dem från hennes utandningsluft. Nu har hon också fått lappen säger hon. Källarförrådet som måste tömmas. Hennes son är på väg för att hjälpa henne, hon är för svag av sjukdomen för att fixa det själv. Låser upp, vill in i min lägenhet och stänga virus och andra ovälkomna gäster ute. Innan jag hinner dra igen ytterdörren frågar hon om vi har hållit oss friska. Sticker handen i jackfickan och känner tuggummipaketet. Ja, svarar jag, vi är friska. Inne i hallen häller jag ut två tuggummin i handflatan och kastar in dem i munnen. Läser på paketet att barn under arton år inte bör använda produkten utan konsultation med läkare. Hjälper dem tvätta händerna. Gnuggar i tumgreppet och använder tvål en decimeter upp på handlederna. Torkar och slänger handduken i badkaret. Handsprit. Alkoholen drar värme ur huden och det blir kallt när den dunstar.

På köksbordet ligger posten som jag slängde upp där utan att kolla. Går igenom den nu och längst ner en broschyr. Viktig information till stadens invånare, står det längst upp. Om krisen eller kriget kommer. Till stadens invånare, inleds den. Den här broschyren skickas till alla hushåll i staden på uppdrag av borgmästaren. På nästa sida är rubriken en fråga. Vad skulle du göra om din vardag vändes upp och ner? Bläddrar igenom broschyren och ser stiliserade bilder på broar som sprängts, skadade som får hjälp, stridsflygplan, brandbilar, militärhelikoptrar och gråklädda människor på väg ner i skyddsrum.

Pojken är där och jag gömmer snabbt broschyren. Vad var det där, frågar han, och jag drar fram serietidningen som också kommit. Han läser den i soffan med flickan hängande över axeln medan jag fixar vegetarisk currygryta till middag.

55 Förberedelser

Vad skulle du göra om din vardag vändes upp och ned? Vaknar med den frågan obesvarad. Med min vardag vänd upp och ned väcker jag pojken och flickan och kokar gröt. Med min vardag vänd upp och ned duschar jag medan de äter. Under de varma strålarna minns jag höstkvällen när vi såg dokumentären om landsortsborna med källaren full med konserver, vapen, vattendunkar, mediciner och campingutrustning. Preppers kallades de har jag för mig. Förberedare. Galningar.

Innan vi går hemifrån fyller jag trettio stora flaskor med vatten och ställer in dem i klädkammaren. Fyrtiofem liter. Läser i broschyren att man bör räkna med minst tre liter per vuxen och dygn. Vi borde klara oss en vecka på det här.

Strax efter förmiddagsfikat kommer säljchefen förbi mitt kontor och säger grattis. Han säger det i förbigående och utan emfas men det finns ett allvar där. Han säger det inte uppskattande. Han säger det för att alla andra ska höra att han uppmärksammar min framgång. Med vad? Plingar till i datorn och där är mailet från chefen som godkänt min budgetprognos utan anmärkningar. Som vanligt vet säljchefen allting lite före alla andra. Ett par minuter som ger honom ett ointagligt försprång och han har varit smart nog att använda det istället för att nämna något om smällen han fick i thaiboxningskällaren.

Arbetsdagen segar sig fram mot lunch och när det nästan är dags hörs plötsligt ett oväsen från gatan. Det tar sig igenom fönstret och jag ställer mig upp för att titta ut. Där nere på trottoaren ligger en man i snön och runt honom står förbipasserande i en ring. Från hans huvud växer en röd pöl och kontrasten är stark mot det vita. Vi är flera här uppe som tittar ut.

Lyfter blicken och ser över till kontoret mitt emot där fönstren är lika fyllda med åskådare. Fler och fler som tittar på men ingen som gör något. Slänger på mig jackan och tar trapporna ner. Sneddar över gatan och ansluter till ringen runt mannen. Finns just ingenting att göra, en fallande istapp från hustaket har träffat honom i skallen och sprickan i hans kranium talar sitt tydliga språk. Snart hörs ljudet av sirener, först lågt och sedan högre när ambulansen närmar sig. Vi skingras och ambulanspersonalen är där. De lastar in mannen och lämnar platsen med sirenerna avstängda.

Äter lunch på ett hamburgerhak ensam. Får tvinga mig tillbaka till kontoret sedan. Hela eftermiddagen kämpar jag med att få något gjort. Tanken är där hela tiden på mannen i snön med krossad skalle. Så snabbt det var över för honom. Så meningslös hans dag varit fram tills dess. Så meningslös min dag varit.

Hemma igen går jag och handlar. Stearinljus värmeljus, tändstickor, batterier och mer handsprit. Kryssar av i listan i broschyren. Matolja, torrmjölkspulver, snabbmakaroner, honung, mandlar, linser och mjukost på tub. Allt det får jag tag på och kan kryssa av men vid konservhyllan är det redan utplockat. Får med mig krossade tomater, fiskbullar, bönor och ravioli. Fastnar med blicken längre bort. Genom den utplockade hyllan ser jag kassorna och utgången och där är hon. Står kvar och ser henne packa färdigt sina matkassar och lämna butiken. Ser den tajta jeansbaken försvinna ut genom skjutdörrarna och tänker att jag måste sluta tänka på henne så. Om jag bara fick höra hennes namn.

En ur butikspersonalen rullar förbi en vagn med varor som ska ställas ut i hyllorna, jag ger honom en frågande blick mot de tomma konservhyllorna men han bara skakar på huvudet och fortsätter bort. Andra varor som ska ställas ut på annan plats men inga nya leveranser av de som listas i borgmästarens broschyr.

Utanför porten sitter katten och när jag sätter ner kassarna för att slå portkoden fräser den åt mig, tufsig i pälsen som om den varit i slagsmål.

Har tömt några hyllor i klädkammaren och radar upp mina inköp där. Vrider burkarna så att jag lätt ska kunna se vad som är vad, även i det svaga ljuset av en värmeljuslykta. Stänger dörren och kommer i det ögonblicket på vad det var de kallade sig i dokumentären vi såg. Survivalister var det, inte förberedare. Det är vad jag är nu, en survivalist. Förbereder mig inte för någonting. Preppar inte. Vill bara att vi ska fortsätta att finnas till. Med vår vardag vänd upp och ner ska vi fortsätta att finnas till.

54 Hologrammet

Har varvat mellan blåa och svarta sneakers, står där jämnslitna i hallen. Den här morgonen har jag tappat kollen på klockan och i brådskan drar jag på mig en av varje. Nyckeln i låset och in i hissen. Halvvägs ner pekar flickan på mina fötter och skrattar. Du rockar skorna pappa. Tittar ner och ser den svarta på vänster och den blåa på höger. Hissen nere. Håller fingret över knappen upp igen men tvekar. Spelar roll. Öppnar hissdörren och ser flickans förvånade glada min. Kom då säger jag.

Chefen är lika förvånad men inte lika glad när hon kallar in mig på sitt rum. Har lagt beslag på hörnrummet med de stora fönstrena. Utsikt över fjärden och stadshuset som reser sig över centralstationen. Solen glimmar i de blanka guldkronorna på toppen. Hur är läget, inleder hon och jag svarar bra, som man gör. Vet du att jag tror inte att det är så bra, säger hon. När jag tog in dig här hade du något, något som ingen annan här hade. Det känns inte som att du har det längre. Det känns som att du håller på att tappa det. Det känns som att du förfaller. Det är inte samma stuns längre, säger hon och fortsätter utan att ge mig en chans att delta i samtalet. Du brukade komma in här med portföljen först av alla och stanna kvar sist. Nu kommer du för sent till möten, utan portfölj, och det känns inte som att du riktigt deltar. Och det där med thaiboxningen. Jag fick HR-chefens rapport. Vad tänker du att du åstadkommer genom att knocka dina kollegor? Det där är en gemensamt arrangerad friskvårdsaktivitet. Tanken är att ni anställda ska hjälpas åt att bli starkare och må bättre. Inte att ni ska misshandla varandra. Jag vill ju tro att vi är ett och samma lag här på bolaget. Att vi strävar mot samma mål. Det är en fråga om gemensam värdegrund och en större vision. Det här med bäst i landet är ju bara en början, det hoppas jag att du förstår. Jag ser ingen anledning att vi inte skulle kunna bli bäst i världen om vi vill. Men då måste vi alla vilja det och om jag ska vara rak, ska jag vara rak med dig? Javisst säger jag. Du kan vara rak med mig. Det uppskattar jag. Chefen fortsätter, om jag ska vara rak med dig så gör du mig jäkligt osäker på vad du vill. Ibland känns det som att du håller på att tappa det. Som att du förfaller. Jo du sade det, säger jag. Vad, frågar hon. Att jag förfaller. Att det känns som att jag förfaller. Det är bra att du lyssnar, säger hon. Det är en bra sak. Det är också bra att du håller dig frisk. Fortsätt med det. Ställer mig upp för att gå. När jag är vid dörren harklar hon sig så att jag vänder mig om. Skorna, säger hon. Fixa skorna. Alltså jag förstår att det är tufft nu när du blivit ensamstående, men när det är tufft får man helt enkelt ta i lite hårdare. När det är tufft får man spänna musklerna och ta ett djupt andetag. Jag vet att du har det i dig.

Tillbaka vid mitt skrivbord dyker jag in i diagrammen igen men en tanke är där och stör. Hur vet chefen att isdrottningen har stuckit? Och vad ville hon egentligen? Finns ju ingenting att klaga på i mina diagram, rapporter, avtal eller dragningar. Det enda konkreta hon hade var sparken i huvudet på säljchefen och jag tror egentligen att hon vet att jag gjorde henne en tjänst. Att det var mer sannolikt att något skulle skramla till och hamna rätt i huvudet på honom än att något skulle bli mer fel än det redan är.

Sent på kvällen tittar jag till barnen som sover och tänker att jag kunde inte vara mindre ensamstående än jag är nu. Med pojken på min ena sida och flickan på den andra är jag allt annat än ensam. Var mer ensamt när isdrottningen var här och rubbade balansen med sin stekheta kyla. Tänker på min genomskinliga kropp som blev kvar där i skobutiken. Hologrammet jag lämnade kvar i de trasiga italienska skorna bredvid den tomma portföljen. Stående ensam.

53 Snowracern

Efter ett par dagar med olika skor finns det inte någon väg tillbaka. I det här underlaget går det så fort att slita skorna att det skulle bli obekvämt att byta ut den ena. Ser att chefen ser att jag inte fixat skorna. Ser att hon ser att jag ser.

Hämtar pojken och flickan tidigt för att hinna åka en vända i pulkabacken, sista chansen innan allt smälter bort. Sista hoppet innan hemgång. Lyfter foten ur snön och börjar glida. Händerna på ratten och statiskt tryck i låren, stående i hukad position. Friktionen låg, har tagit hand om snowracern som aldrig släpats i halkskyddande grus eller på blottlagd asfalt. Ut över flacken och ned för nästa brant. Hoppet kommer närmare. Pulsen. Lyfter och ljudet av medar mot snö klipps av när jag lättar. Som att sätta på sig brusreducerande hörlurar. Hinner vara i det i en sekund. Kanske två. Tillbaka. Ratten lossnar. Medarna släpper. Snowracern under mig sprider sig i sina beståndsdelar. Metall och plast isär.

I ett ögonblick svävar jag tyngdlös medan delarna slår ner i snön under mig.

Hänger i luften och tänker på skådespelarna i filmen om månlandningsförsöket. Minns intervjun där de berättade om hur de simulerade avsaknaden av gravitation i rymden genom att stiga tio tusen meter och sedan dyka. Tjugotre sekunder Boeing 707 rakt ner mot jordens yta. Tjugotre sekunder tyngdlöshet och sedan gravitationen som kommer ikapp med dubbel styrka. I kroppen en cocktail av skopolamin och dexedrin mot illamåendet. I bröstfickan två förseglingsbara påsar för säkerhets skull.

Viker in armen mot kroppen och landar på sidan. Försöker vara följsam och fånga upp kraften i nedslaget med en rullning. Ändå smärtan i höften som möter packad snö och sträckningen i nacken när jag inte orkar hålla emot tyngden av mitt eget huvud. Ställer mig upp och borstar av mig snön. Känner efter. Vill inte möta blickarna från de andra föräldrarna i backen. Pojken och flickan är där hos mig och vi plockar upp varsin del. Pojken tar ratten, flickan sittplattan och jag en av medarna. Resten blir kvar när vi tar vägen bakom kullen och trappan ner förbi de låga trähusen där rosenbuskarna täcker planket på sommaren. Bär med oss delarna från snowracern hela vägen hem och ställer ut dem på balkongen.

Har börjat läsa kvällstidningarna i min telefon. Gjorde jag aldrig när isdrottningen var här. Fnös föraktfullt när hon gjorde det. Nu är sovrummet släckt och allt som lyser upp är de manipulativa rubrikerna på min skärm. Nya rapporter om jordbävningen och gruvraset. Ett oberoende mätinstitut har hittat oväntade mönster i den geologiska datan. Avvikelser i amplituden och frekvenser som inte ingår i jordbävningsspektra. De är snabba att publicera sina resultat. De påstår att raset inte kan ha orsakats av tektoniska rörelser. De påstår att något annat har åstadkommit skalvet som kostat två familjer deras hem. Något avsiktligt. Något som varit billigare än att flytta de sista husen och som på köpet frilagt malm värd hundratals miljoner kronor.

Det är onsdag morgon när jag öppnar kylskåpet och möts av mörker. Lampan där inne tänds inte som den brukar och det luktar. Lyfter ut ett mjölkpaket ur kylskåpsdörren, det är rumsvarmt och jag tömmer ut en grynig massa i diskhon. Skruvar av locket på burken med den fasta honungen, rinnig. Ställer ut de saker som verkar okej i en papperskasse på balkongen och slänger resten. Det är ett par minusgrader ute och antagligen ett par grader över plus längst in mot husväggen. Det kan säkert fungera ett par veckor medan vi gör en plan för hur vi ska klara oss med bara torrvaror, frysvaror och konserver. Helst vill jag ju inte ta av konserverna än och det är fortfarande tomt i hyllan i matbutiken.

Smakar på honungen, den känns ok och jag tar en rejäl klick i mitt morgonte som fått stå och dra sig svart. Honungsmånad, det var du som lärde mig att smekmånad heter så på spanska. Lune de miel.

Vi kom inte iväg i tid på vår honungsmånad, jag och isdrottningen. Vi kom iväg med ett flyg som avgick enligt tidtabell, flera år för sent. På den stora skärmen i avgångshallen visades inga avvikelser men när jag blundade lyste alla bokstäver rött. Vi landade några kilometer utanför kanalstaden och tog taxi in till de tusentals duvornas torg. Det var flera år sedan första gången. Vi trodde att vi skulle hitta det igen, det vi hade då, men hur hittar man något som inte längre finns kvar?

Den första dagen åkte vi ut till kyrkogårdsön. Här valde man för över tvåhundra år sedan att begrava sina döda eftersom det ansågs osanitärt att lägga liken i jorden på fastlandet. Medan vi var där anlände en ny kista med båt, bars i land av sorgklädda ättlingar till den avlidne.

Två som tappat den gemensamma takten gav upp den hyrda tandemcykeln efter en krasch i vägrenen den andra dagen. Inga synliga skador men under huden sved skrubbsåren. Vidare på varsin cykel kunde vi ha cyklat i bredd på de lugna vägarna men hon lade sig framför mig och jag kom mig inte för att cykla upp bredvid henne. Ett par kilometer efter kapellet där asfalten övergick i grus kom vi till stranden där hon blev antastad den gången för flera år sedan och vi fick fly. Nu drog hon den tunna klänningen över huvudet och hoppades på att bli sedd. Hoppades att någon skulle fortsätta klä av henne med ögonen. Min blick på hennes bikinikropp som inte räckte längre trots allt som rymdes bakom den.

Den här gången hade vi råd att åka gondol. Utfattiga på allt utom pengar.

Tillbaka på fastlandet stod vi i den milda kvällen på den vita stenbron över kanalen och såg andra par kyssas medan solen sänkte sig etthundrafemtio miljoner kilometer längre bort. Etthundrafemtio miljoner kilometer mellan oss.

När honungen smält dricker jag mitt morgonte stående i köket. Honungen är söt men där finns också en bitter smak. Tanninet som bildats när jag låtit det dra för länge. När jag inte tagit upp tepåsen i tid.

51 Tanden

Sötsuget slår oväntat till en sen kväll och te med honung hör till min morgonrutin. Behöver något annat nu. Länge sedan sist, var mycket värre när isdrottningen fortfarande var här. Socker som substitut för det jag inte kunde få av henne. Nu gräver jag i skåpen och hittar strössel, pärlsocker, klubbor barnen fått på pizzerian och ett halvt paket kakor. Kakorna är sega och trista, slänger dem och gräver vidare men hittar ingenting. Går en gräns vid klubborna. Strössel och pärlsocker är på fel sida om den gränsen. Öppnar kylen. Tomt och mörkt, hade glömt. Ut på balkongen och gräver i kassarna. Längst ner gör jag fyndet för kvällen, en ask knäckkola kvar från i julas. Pillar av pappret och skickar in en i munnen. Kan inte hålla mig från att tugga på den hårda kolan, ivrig att få ut sockret i blodet.

Krasar i munnen. En ilning upp genom tandbenet och håret på armarna som reser sig av obehag. Spottar ut kolan i handen och känner något vasst mot tungspetsen långt inne i munnen. Gapar framför spegeln i badrummet och vinklar lampan för att se. Den bakersta kindtanden är av och istället för glatt emalj möter tungan skrovlig dentin. Nya ilningar när jag andas in. Letar upp adressen till närmaste akuttandvård och tar mig igenom natten på en dubbel dos smärtlindrande.

Tar mig till tandläkaren efter att ha lämnat barnen. Hela morgonen far tungan till den trasiga tanden av egen vilja, kan inte styra det. En ofrivillig påminnelse om att det nu har tagit sig in på insidan också. Oron är där som irriterande insekt. Som en broms som inte ger sig med mindre än att man slår ihjäl den. Försöker vifta undan den men den återvänder envetet. Oron för om det ska gå att fixa. Oron för vad mer som kan ta sig in.

I entrén på tandläkarmottagningen sitter en stor lapp fasttejpad över nummerlappsautomaten. Inga nummerlappar på grund av smittorisken, står det. Där bredvid står en kort kvinna i vit rock. Hon ber mig om legitimation och när jag visar den antecknar hon mitt personnummer i sin kölista. Vi ropar upp dig, säger hon och räcker mig ett munskydd. Vad finns det för smittorisk med nummerlappar, frågar jag. Sätt på dig munskyddet och vänta här, svarar hon. Det är femton andra patienter i väntrummet och jag ser deras blickar riktas mot mig. Femton patienter med vita munskydd som täcker halva ansiktet. Trär gummibanden över huvudet och sätter mig ner i en fåtölj. På bordet bredvid står ett tomt tidningsställ. Känner min fuktiga utandningsluft som blir kvar innanför munskyddet. En äldre man blir uppropad och reser sig upp. Den korta kvinnan med kölistan är snabbt där och håller upp dörren in till behandlingsrummet. Sedan byter hon ut det prassliga överdraget på fåtöljen där mannen suttit mot ett nytt. Slänger det använda i en stor sopsäck och byter gummihandskar.

Efter nästan två timmars väntan blir det min tur. Inne i behandlingsrummet sträcker jag fram handen mot tandläkaren för att hälsa men han tar inte min hand. Nickar stilla till hälsning bakom sitt ansiktsvisir. Han har en heltäckande skyddsdräkt utan synliga sömmar. Ovanpå de redan gummitäckta händerna drar han på ett par skyddshandskar som sträcker sig upp till armbågarna. Vi träffar många patienter, säger han. Det här är för er skull. Han sveper ner över sin kropp med öppen handflata när han säger det och jag följer hans hand med blicken. Vita gummistövlar längst ner.

Det tar trettio minuter. Skrapar, ilar, surrar och sticker när han lägger en ny yta på min trasiga tand. Betalar i kassan och är ute på gatan. Snurrar till i huvudet, en reaktion på behandlingen? Så svårt sådant här var förut. Svimmade hos skolsköterskan när hon gav mig stelkrampssprutan. Du satt bredvid mig sedan. Nu pumpar jag med händerna för att få upp blodtrycket. Mina torra fingertoppar i mina svettiga handflator. Mina torra fingertoppar som inte fått röra vid någonting inne på mottagningen. Mina torra fingertoppar som inte ens fått röra vid knappen på nummerlappsautomaten.

VÅR

50 Fotbollsträningen

Vårsolen har smält undan den sista snön på konstgräsplanen och jag står vid sidan och ser på när pojken tränar, första utomhusträningen för säsongen. Det är som att släppa ut kor på grönbete. Hela laget är här. Vi har aldrig haft svårt att få ihop ett lag under vintern, barnen håller sig friska trots att det blivit färre föräldrar här vid sidlinjen för varje vecka.

Pojken har varit på ett par provträningar för stadslaget och har fått en preliminär plats där till hösten. De skickar en scout till våra träningar för att hålla koll på att han tränar och utvecklas som han ska här i klubblaget. Scouten är här på första vårträningen, står en bit bort och följer spelet. Uppvikta rockslag och en cigarett i mungipan. Hälsar inte. Basker på huvudet.

Pojken är slutkörd efter träningen och jag samlar ihop spillrorna. Scouten dröjer sig kvar och jag försöker skydda pojken för hans blick. Som om han sköt med bly ur de korpsvarta ögonen och jag försökte ta kulorna med kroppen.

Hemma på hallgolvet ligger ett fönsterkuvert. Sprättar det medan pojken duschar. Fotbollsavgiften som ska betalas. Betalar den inte direkt. Tömmer konstgräsgrus ur pojkens fotbollsskor. Små svarta korn av gummi som letat sig in. Skorna som format sig efter hans fötter. Väger den fjäderlätta skon i handen. En tvekan har svept in och jag står ensam med beslutet. Funderar på om pojken verkligen ska fortsätta träna för en plats i stadslaget. Fotbollen som på så kort tid fått en helt annan plats här i staden. Bara några veckor sedan den där spelaren från en by tjugotre mil söder om staden fick spela en match i stadslagets A-lag och ingenting som varit sig likt sedan dess. Han blev inbytt i sjuttiofjärde minuten när det stod ett lika. Tjugo minuter senare missade han en brytning långt nere på egen planhalva, motståndarna fick frispark, gjorde mål och matchen var förlorad. Dröjde inte länge efter slutsignal innan drevet var igång mot spelaren, stadsborna överöste honom med oförblommerat hat. Så går det när man låter bönder spela i stadslaget, hette det till en början. Eskalerade sedan snabbt och inom ett dygn hade det skickats dussintals mordhot mot både honom och hans familj.

Lagledningen och resten av laget vek ner sig helt och skickade hem honom. Som om någon lagt ett kirurgiskt snitt i ryggen på dem, lyft ut ryggraden och sytt igen. Kvar bara dallriga filéer med total avsaknad av moralisk styrsel. Eller vanligt hyfs för den delen. Lagets kommunikationschef som bar basker på den sista presskonferensen.

Skriver till dig och frågar om ni såg matchen, och vilket lag ni hejade på. Undrar om ni dragits med i hatstormen eller orkat stå emot. Ser framför mig hur ni stod i bystugan, matchen på storduk och hembränd sprit i dunkar. Buropen när spelaren från byn byttes in. Redan då den brötiga kören som gapade. Inte för att visa sitt stöd för stadslaget, hatet även där mot snobbarna från storstaden, men ramsorna om spelare från byarna i söder. Ta en banan och åk hem.

Det sista skriver jag inte till dig. Vet ju inte vad jag pratar om. Mina föreställningar om byarna i norr. Min stadsinskränkthet. Vad har ni för aktiviteter för barnen nu? Har ni bytt parkour och rytmik mot timbersport och traktordragning?

Pojken somnar snabbt. Står kvar en stund och ser på hans fridfulla kropp i sängen. Utmattad och redan djupt nere i sömn. Flickan ropar och har svårare att somna. Lägger mig bredvid henne i sängen, tätt intill. Hon drar in min hand mot sig och håller om den. Efter en stund känner jag hur hon blir tung mot madrassen. Som att trycka på en knapp när hon kommer till ro. Lirkar loss handen och smyger ut.

Pojkens neongröna fotbollsskor kvar på hallmattan. Räkningen till klubben kvar på köksbordet. Går och lägger mig med den obetald.

49 Hålet

Står tjugo personer vid busskuren längre upp på gatan. Ser dem på avstånd. När jag passerar ser jag att ett meddelande blinkar på skärmen inne i busskuren. Samtliga avgångar inställda. Ändå står de där och väntar. Tjugo kontorsarbetare på väg till sina arbeten. Tjugo kontorsarbetare med portföljer och tomt stirrande blickar.

Vid nästa kvarter avspärrningar i gatan och där innanför gapar ett stort hål i asfalten. Ser skikten, asfalt, makadam och längre ner sandjord och berggrund. Grova rör som löper där nere. En arbetsledare i gul väst står och pratar i telefon men jag är för långt ifrån. Kommer närmare och hör ett brottstycke av samtalet. Ett till säger han. Vi har ett till här. Du får ringa trafikcentralen och meddela dem att inga bussar kommer att kunna gå här på ett bra tag. Kollegan i andra änden säger något. Arbetsledaren svarar. Vette fan, säger han. Det är som om någon hade gröpt ur hela skiten med en gigantisk sked. Som om nån hade tagit en stor jävla tugga. Du borde nästan komma hit och se det alltså, säger han. Sedan är jag för långt förbi för att höra mer av deras samtal.

Tänker på pojken som kom hem förra veckan och berättade om rullstensåsar och jättegrytor. Tema istid. Strömmande vatten som får sten och grus att virvla och gröpa ur. Moränblock som ryckts loss av framforsande smältvatten och sedan lämnats kvar i botten av jättegrytan, släta och äggformade.

Klarar det nästan idag, bara fem minuter sen in till mötet. Chefen är här. Chefen brukar inte vara här och jag ångrar att jag tagit hissen istället för trapporna. Att jag inte kommer in andfådd som om jag åtminstone hade ansträngt mig. Underlig stämning med chefen i rummet. Är det så här det börjar? Är det så här folk blir av med sina jobb? Hon pratar om problemet med alla som är hemma sjuka. Hon vill att vi alla ska fokusera på att hitta lösningar på det. Hon vill ha dem på sitt bord innan veckan är slut. Hon lämnar rummet och vi som är kvar tittar på varandra men ingen vågar fråga om hon verkligen kan mena allvar. Det är en fråga som blir hängande i luften i nästan en minut. När den faller till golvet återgår vi till vår vanliga agenda och jag zoomar ut. Låter ännu ett möte passera förbi som ett snabbtåg utan uppehåll på min station. Skräp mellan spåren virvlar upp i suget bakom tåget och landar på perrongen längre bort när allt blir stilla igen.

På eftermiddagen går hela chefsgruppen på ett seminarium anordnat av stadens ledarinstitut. Vi går dit tillsammans och tar den långa rulltrappan upp. Här ovanifrån ser man ner på inomhustorget där tjänstemän möts och nya affärsidéer föds. Seminariet inleds med ett fyrtiofem minuter långt anförande och i fikapausen innan den efterföljande paneldebatten står jag lutad över ett räcke och ser ner på torget. Kostymer och klänningar. Cafébiträden som torkar av bord och en duva där nere som har tagit sig in genom svängdörrarna i ett obevakat ögonblick och letar efter smulor som fallit ner mellan stolarna och plötsligt är hon där från ingenstans, och det är inte den tighta jeansbaken som fångar min blick, den ser jag inte härifrån, men det är hon och nu tittar hon upp och vi ser rakt in i varandras ögon och jag viker inte undan och hon håller kvar och det går sekunder, minuter, timmar, dygn, veckor, månader, år och lika fort är det över.

Skyndar ner för rulltrappan och irrar runt planlöst nere på torget men hon är borta och jag vet inte vad jag hade gjort om hon varit kvar. Att ta rulltrappan upp igen känns oöverstigligt. Lämnar genom svängdörrarna och hoppas att ingen ska sakna mig under paneldebatten. Här ute frisk vårluft. Solens strålar värmer i ansiktet men det hänger kvar en skarp kyla i luften. Kroppen försöker göra mening av de två motstridiga sinnesintrycken och under tiden passar jag på att promenera hem.

Utanför hissdörren i trapphuset ligger katten. Ser fetare ut än vad den brukar. Den sköldpaddsfärgade kroppen har flutit ut över marmorgolvet. Som en pöl av päls. En pöl som inte vill flytta på sig när jag ska öppna hissdörren. Försöker knuffa undan den men den visar sina sylvassa tänder. Någonting där mellan tänderna på katten. En fjäder. Inte dun som från måsungen som låg orörlig i snön. Katten har en stor vit fjäder från en fullvuxen mås mellan tänderna. Ligger här mätt och vägrar flytta på sig och jag får ta trapporna upp och kommer hem andfådd.

48 Spiraltrappan

I entrén, vid finkaffemaskinen, står säljchefen och redogör för morgonens löppass. Han har hela paketet. Löparkepsen, ultralätta solglasögon för flera tusen, den tighta ryggsäcken med skjortan prydligt vikt i, bälte med små vattenflaskor. Han har fått tag på ett par röda löparshorts också. Framgångsröda korta shorts med slits på sidan för ökad rörlighet. Nu har den tönten börjat springa också. Som om han klarade av allt.

Han kommer ut sedan nyduschad lagom till förmiddagsmötet. Min kalender ett pärlband av bortkastad tid idag. Åtta möten innan jag får gå hem. Åtta möten med säljchefen på deltagarlistan. Har gjort en plan för att ta mig igenom detta. Ett mötenas intervallpass. De första fyra är ett block. Belöningen glass till lunch. Poänglöst att bli vuxen om man inte får äta glass till lunch. Där är jag halvvägs. Sedan är eftermiddagen uppdelad i två block i min plan, två block som upprepas. Först ett zombiemöte där jag ska slå nytt rekord i antal uttalade ord. Mitt nuvarande rekord har stått sig i ett år nu. Tio ord. Kanske kommer jag under det idag. Sedan ett möte där jag ska spurta, ta whiteboardpennan tidigt och inte släppa den med mindre än att någon tar den ifrån mig med fysiskt våld. Ser redan fram emot det. Andra blocket likadant som det första och sedan är den här dagen avklarad.

Är på väg ut från kontoret när säljchefen sticker ut huvudet från sitt rum. Bra jobbat idag, säger han. Riktigt bra möten. Hinner se hans hand som är på väg upp för att klappa mig på axeln eller ge mig en high five. Ett snabbt steg i sidled och jag kommer undan. När jag är längst bort i korridoren ropar han mitt namn och jag tvingas vända mig om. Han har handen uppe. Riktigt bra, ropar han. High five. High five, ropar jag tillbaka och tänker på maskarna som krälade längst ner i komposthinken på landet i somras. Tjocka vita maskar.

Får ett meddelande från dig på telefonen på vägen hem. En bild på barnen nere vid sjön, din pojke i min pojkes urväxta t-shirt. Näckrosor längst in vid sjökanten. Du skriver att du blir varmt mottagen av dina nya grannar. För varmt tycker du. De kör upp med sina mopeder på din uppfart. Badar i din bäck och sneddar genom din skog. Är nyfikna och vill se radiostationen. Trycker på knappar och vrider på reglage. Är glada att ni kommit dit, att ni föryngrar byn. Det är bra med lite nytt blod säger de och tror att ni inte hör när de viskar till varandra att ni verkar vara bra människor trots att ni är stadsfolk.

Från staden till landet är det bara att flytta. Åt andra hållet är det en annan sak. För att komma in här i staden måste man ta sig igenom den osynliga muren, eller klättra upp på den. Rep med ankare som kastas över efter skymningen. Vakter där uppe som patrullerar med armborst. Måste studera deras rörelsemönster först. Hitta rätt tillfälle. Väl innanför andas man ut i en sekund bara för att i nästa upptäcka att det är nu det börjar. Har börjat låsa ytterdörren om oss när vi kommit hem. Är där och känner efter att den är låst flera gånger varje kväll innan jag går och lägger mig. Känner efter att vår borg är säkrad. Vår plats här i staden som så många skulle vilja komma över om de fick chansen.

Står i köket och lagar middag. En vag minnesbild har dykt upp de senaste dagarna och jag kan inte sluta försöka få mitt huvud runt den. En spiraltrappa i fokus i bildens mitt men det är suddigt i kanterna och just som jag har det tappar jag det. Det är där men jag står och strimlar en kycklingfilé och är hal om fingertopparna och det glider undan. Ledde den ner till klipporna från strandpromenaden? En ljusbeige stentrappa dränkt i solljus. Tjugofem grader varmt klockan fem på eftermiddagen i januari. Fick klättra över den låga muren först. Femton, kanske tjugo meter ner till klipporna. Isdrottningen som kastade sig i vågorna som hotade att krossa henne mot de rundslipade klipporna. Där ovanför hängde hotellen insprängda i berget. Pensionärer som flytt till solen. Gick vi ner för spiraltrappan? Med barnen? Stod vi där på klipporna med havet frustande några decimeter framför våra fötter?

Blundar och känner trappans räcke i handen. Håller krampaktigt i det och det isar i handflatan. Hur kan räcket ha varit iskallt efter att solen hade legat på sedan morgonen? Isdrottningens hand som varit där före min? Nu är solen borta i bilden. Det är mörkt förutom ljuset från en ficklampa. Vem håller i den? En guide som går först och vi bär vita skyddshjälmar. Trappan är svart, inte beige. Gjuten i järn och vi är på väg ner i silvergruvans kompakta mörker. Här är det fyra grader året om. Vi är flera hundra meter under marken och i bergväggen glimmar det av obrutet silver.

Vilken trappa är det? Fanns det två? Gick vi ned för båda? Kan inte placera spiraltrappan vare sig i tid eller rum, än mindre förstå varför den gör återkommande besök i mitt huvud.

När vi äter frågar jag barnen. Minns ni trappan? Den som ledde ner till klipporna vid havet? De minns den. Det är den ljusa trappan och isdrottningen är lycklig när hon kommer upp efter sitt våghalsiga dopp. Det salta vattnet rinner längs hennes solbrända kropp och hon stryker bak håret. Det är en lycka som är helt hennes egen och hon släpper inte in oss i sin bubbla. Står vänd bortåt och ler med slutna ögon åt solen som är på väg ner under horisonten. Det är jag som minns henne där. De nämner henne inte, bara trappan och klipporna och vågorna. Vågorna, pappa, säger de. Det skummade. Frågar om de var rädda då men det var inte läskigt säger de. Du höll oss i handen.

Är där igen när jag lagt dem. På klipporna. Står och ser på när hon badar och pojken och flickan tjuter när hon dyker upp ur vågorna och försvinner ner igen. Är där på väg ner för spiraltrappan vid strandpromenaden men räcket är kallt igen och när jag tittar ned är det ett mörker som aldrig tar slut. Det enda jag ser är spår av glimmande silver.

47 Tjurfäktning

Han drar in mig i det obokningsbara mötesrummet. Smäller igen dörren. Vad fan håller du på med. Han är arg och en ven bultar i högra tinningen. Flinten svettig. Ta det lugnt försöker jag. Vad är det för snack om att jag är hjulbent. Vad pysslar du med. Vet du vem jag är. Vet du vad jag kan göra med dig. Saliven stänker och jag vänder bort huvudet. Aldrig varit rädd för smitta förut men nu tänker jag på de miljarder bakterier och virus hans saliv innehåller. Han rycker mig i skjortbröstet och jag känner hur något brister i kragen. En rörelse i ögonvrån, teknikdirektören utanför glasväggen. Säljchefen har ryggen emot och ser inte. Teknikdirektören har stannat och när han ser min panikslagna blick drar han lätt på munnen, en liten men ändå fullt synbar skiftning i ena mungipan. Han skulle kunna öppna dörren, knacka på eller göra någonting för att säljchefen skulle tvingas släppa mig men han bara står där. Som om vi var dagens underhållning här inne. Som om jag var tjuren och säljchefen matadoren med sitt spjut och det framgångsröda skynket.

Tvingas pausa här. Måste värdera mina alternativ. Antingen låta honom puckla på mig, rycka sönder mer av mina kläder och frusta virus i ansiktet på mig. Dra ner mig på golvet, sparka mig i ena njuren och sätta klacken över fingrarna på mig. Höger hand. Han kommer att välja höger hand trots att han sett mig hålla i whiteboardpennan med vänster i minst etthundra möten vid det här laget. Trampa till där och knaket. Den blixtrande smärtan när benen i fingrarna går av. Sedan spjutet i sidan på tjuren och allt är över. Långsamt förblöda inför den blodtörstiga publiken. Antingen det. Eller så gör jag det. Tar chansen och stångar honom precis nedanför revbenen. Huvudet rakt in i solarplexus och han rasar ihop, kippar

135

efter luft. Som Elvis måste ha gjort på hallgolvet bland glasskärvor och utspillt vatten. Har den chansen nu när han greppat tag i mig högt upp på överarmarna och blottat sin bröstkorg. Tar den.

Teknikdirektören kvar här utanför. Nickar uppskattande. Tackar för showen.

Några timmar senare står jag utanför porten efter ett snabbt löppass och blickar upp mot himlen endorfinrusig. Huset som ser ut att falla emot mig när molnen rör sig där uppe. För en stund tror jag det är på riktigt. Men inte kan hus bara börja luta och falla. Inte kan vinklar som varit räta plötsligt börja skeva och bord som stått stadigt på plana golv börja vicka utan anledning.

När jag lägger flickan frågar hon hur vi träffades. Vilka då, frågar jag. Du och mamma, var träffades ni? Det är första gången hon nämner isdrottningen sedan hon försvann. Det är en lång historia, ljuger jag, vi får ta den en annan dag. Nu behöver du sova.

När hon somnat och jag tittat till pojken tar jag fram de fem vita flyttkartongerna och går igenom allt. Tänder i taket och drar undan gardinerna. Inte för att jag behöver mer ljus utan för att känslan av att göra något förbjudet blir så mycket starkare nu när någon skulle kunna se in från andra sidan. Med full insyn går jag först igenom allt som är foton. Sedan allt som inte är det.

46 Kartläggning

Väljer bland de nystrukna skjortorna jag hämtade igår. Orkar inte längre. Drar på mig luvtröjan. De får ta mig som jag är nu. Har i alla fall företagssloggan på bröstet, broderad med grå tråd på grått tyg.

På innergården står en kvarlämnad parklekscykel. Tre hjul, ett rött och ett grönt handtag. Babord och styrbord. Ser framför mig pojken på den. För stor nu. Håller upp honom mellan tummen och pekfingret och måttar in honom på cykeln. Varv efter varv på den lilla asfalterade slingan runt gräsmattan. Ville inte komma in och äta och jag fick komma ner på gården med hans tallrik. Nu får han inte plats längre, knäna slår i styret. Blir inga fler varv.

Blomningen har tjuvstartat i vårvärmen och det doftar från rabatterna. En stor rosenbuske bredvid porten. Har stått här i alla år men det är nu jag känner doften på riktigt för första gången. Hör surret från bin och humlor i busken.

På andra sidan kanalen kontoret där jag fick ett jobberbjudande för mindre än ett år sedan men tackade nej. Högst upp i den gamla glödlampsfabriken ser jag mötesrummet där jag var på intervju. Utsikt över innerstadens södra delar åt ena hållet, förorterna och naturreservatet åt det andra. Så många vägskäl, så mycket som kunde varit annorlunda. Så många saker jag kunnat göra på ett annat sätt. För att idrottningen skulle ha stannat kvar. För att tina upp henne. För att få henne att låta mina fingertoppar röra vid hennes hud.

Smiter in på toaletten bredvid entrén på jobbet. Ångrar luvtröjan men har bara en urtvättad t-shirt under. Tvättar ansiktet. Nyper tag i håret som lagt sig bakom öronen, vuxit sig så långt att jag kan lägga det ovanpå. Långt över tinningarna och nya gråa stråk. Länge sedan jag var hos frisören. Isdrottningen som hånade mig för att jag lägger nästan tusen spänn på att klippa mig. Förstod inte att det är värt det bara för att få en timme där nere i källaren. Huvudmassagen, musiken och kaffet. Alltid doften av nybryggt kaffe. Min frisör som klipper håret millimeterkort i nacken och på sidorna. Vägrar använda trimmer. Den sylvassa saxen tätt intill min hud. Skägget rör hon inte, drar gränsen vid polisongerna.

Senaste gången fick jag äran att vara första kunden efter att saxen varit på andra sidan jorden för slipning. Min spegelbild i den blanka saxen som hastigast när hon förde den förbi mitt ansikte och så ljudet när den skar genom mitt fuktiga hår. Tänkte på flygbränsle och global uppvärmning medan hon mejslade fram min frisyr. Saxen i bagageutrymmet. Bars fram sextonhundra flygmil av kraften från kerosin. Isdrottningen som tyckte det var vedervärdigt när jag berättade om vilken exakt vetenskap det är att slipa frisörsaxar. Att det inte finns någon på den här sidan jordklotet som har den kunskapen. Att den måste skickas med flygplan för att det ska bli bra. Det är din frisyr som bär skulden för jordens fortsatta undergång, sade hon, och i andetaget efter föreslog hon nästa solresa till vintern. Hela tiden med blicken på nästa. Nästa ommöblering, nästa middagsbjudning, nästa stigning ner för spiraltrappan till de saltstänkta klipporna. Nästa klättring ned i gruvans ständigt kalla mörker.

Kan inte stanna här inne på toaletten hur länge som helst. Låser upp. Tar steget ut. Vidare. Går genom kontorslandskapet i min luvtröja. Ser kollegor prata med andra kollegor. Hör brottstycken av samtal som inte handlar om jobbet. De är vänner. De anförtror sig åt varandra. Ingen här är min vän. Ingen här anförtror sig åt mig. Ingen här anförtror jag mig åt. Gjorde ett försök med ekonomichefen men det gick ju snett. Ville inte hålla det där med säljchefens hjulbenthet mellan oss och sålde ut mig inför fullsatta läktare på tjurfäktningsarenan. Tänker inte göra något nytt försök. Bara tar mig genom den här dagen. Fäller upp luvan och loggar in på datorn.

På natten väcks jag av skrik. Ut på balkongen. Katter som slåss nere i busken. Blad från rosorna som faller till marken när de far runt med klorna utfällda. Det går minuter men till slut blir det tyst och ut kommer grannens katt. Sätter sig mitt på asfalten och slickar sina sår. Det är mörkt och jag ser bara konturer. Ändå lyser blodet i morrhåren rött när jag blundar.

Tar fram den stora rullen med ritpapper jag stal från jobbet. Flickan som hade bett mig. Jag vill rita en stor teckning, sade hon och jag lade fram blocket. Nej pappa, en stor, som hela bordet. Nu rullar jag ut pappersrullen över köksbordet och skär av längs kanten med mattkniven. Ljudet från kniven vasst mot tystnaden i köket. Tejpar runt kanterna för att pappret inte ska rulla ihop. Ritar en oval mitt på. Streck från ovalen och fler ovaler runt om.

Trä, skriver jag i en oval, och från den drar jag streck till en annan där jag skriver Bordet. En till, Stolen. En ny oval, Metall. Runt den placerar jag Låset, Cykeln, Brödrosten och Snowracern. Behöver en med Plast också, ett till streck från Snowracern till den. Pjäxan också av plast, liksom Regnjackan. Bara Guldfiskskålen av Glas tänker jag först, men kommer sedan att tänka på Takkronan som placeras där också, med ett andra streck till Trä. Axeln och Tanden sätter jag ut vid sidan om men kommer inte på hur jag ska länka ihop dem. Mr Vain och Transportkortet vet jag inte riktigt vad jag ska göra med.

När jag har sorterat allting och kartlagt samband har det hunnit börja ljusna ute och jag hinner få en timmes sömn innan väckarklockan ringer. På köksbordet ligger nattens arbete kvar. Som om en galning varit där. En manisk person som försökt hitta kausalitet där det bara finns korrelation. Pillar loss tejpen, rullar ihop pappret och trycker ner allting i sopnedkastet.

45 Skriver till dig #2

Lyfter vattenkokaren från sin hållare för att fylla den och där under ett bränt hål i plasten. Elektroniken blottlagd, ser gröna och blå kablar. Kopplar ur och ställer vattenkokaren i ett hörn på golvet. Det är inte en stor sak. Kokar upp vatten i kastrull på spisen. Back to basics.

Ser genom glaslocket hur det börjar stiga bubblor från botten av kastrullen. Lägger tyngd på locket med handen för att få det att koka snabbare. Kastrullbotten pressas mot spisplattan och kontaktytan ökar. Effektivare värmeöverföring. Håller kvar värme och ånga där inne. Är någonting med detta, att se vattnet få liv när värmeenergin sätter det i rörelse. Kokar vilt nu, tar av kastrullen från plattan och häller upp det heta vattnet i tekoppen.

Knackar tre gånger i väggen in till pojkens rum. Har varit inne och försökt väcka honom men han vill inte komma upp. Tre knackningar, mina knogar mot tapeten och vårsolen in genom köksfönstret. Tre knackningar, mina knogar mot den fuktiga bergväggen och ljuset från gruvguidens fackla. Tre knackningar för att hälsa på gruvfrun, på väg ner för den kalla spiraltrappan. Guiden berättade om hennes tre regler; inte bråka, inte svära, inte vissla. Isdrottningen hade pojken, jag flickan. Guiden sänkte rösten när han berättade om gruvfrun. Berättade att man höll tyst om hennes regler så att det vidskepliga pratet inte skulle nå prästernas öron. Här nere tog man inga chanser. Här nere ville man gärna ha svartkonstens magi på sin sida utan att riskera att förlora den kristna välsignelsen.

Vi försökte ta med oss de där reglerna hem sedan men det höll bara fram till ytterdörren. Pojken och isdrottningen som bråkade, jag som svor och flickan som nyss hade lärt sig vissla. Tungan mot framtänderna och en smal öppning mellan läpparna.

Nu upptäcker hon en kvarglömd tejpbit på bordskanten. Frågar mig varför det sitter tejp på köksbordet. Du pysslade väl igår, försöker jag. Det var pärlplattor. Man använder inte tejp när man pärlar vet du väl, säger hon och släpper mig inte med blicken. Låter mig inte komma undan.

Det slår emot oss redan när vi kommer ut ur porten. En rutten kvalmig lukt har lagt sig över staden. Som om någonting legat och jäst där under. Eller är det bara skämd mat från folks trasiga kylskåp? Kassar på balkongerna här ovanför med grönsaker, kött och mejeriprodukter som står och förfars i plusgraderna. Temperaturen stiger snabbt. Har börjat följa tiodygnsprognoserna. Brukade vara isdrottningens område. Flera gånger per dag kollade hon de senaste vädergissningarna i sin mobiltelefon.

Nya hål i gatan och nya stängsel för varje dag. Vägen till jobbet blir mer och mer som en labyrint och det tar mig flera minuter extra varje dag att ta mig till jobbet. Är redan uppe i dubbla tiden jämfört med för tre veckor sedan. Ibland önskar jag att Elvis var här och hjälpte mig hitta vägen. Gav mig den röda tråden att följa. Sneddar över torget där det brukade stå grönsaksförsäljare. Helt tomt nu sedan byggplanken kom upp och lyftkranarna restes. Mitt på torget står en äldre kvinna. Svart klänning, bred svart hatt, svarta läderstövlar. Framför ansiktet svart sorgflor. Hon bara står där helt stilla. Passerar en meter framför henne och försöker möta hennes blick där innanför men hon ser mig inte.

Skriver till dig på jobbet. Vinklar skärmen mot fönstret så att ingen ska se. Tror jag börjar förstå hur jag ska kunna berätta för dig. Om nyårsraketen som flög in i lägenheten och vilken ynkrygg jag var. Att isdrottningen lämnat oss och att jag inte tror att lyftkranarna används för att bygga något nytt. Om måsungen i snön och mannen som fick istappen i huvudet och dog. Hologrammet i skobutiken och den tajta jeansbaken i mataffären. Om att jag har hela vardagsrummet fullt med kartonger från källaren och om monstret i labyrinten men ingenting om vad som finns i de fem vita kartongerna. Om att jag har ett survivalistförråd i klädkammaren och att jag har börjat läsa kvällstidningar och följa väderleksprognosen. Om hålen i asfalten och det märkliga minnet av spiraltrappan. Berättar om katterna som slogs i natt och tvekar en stund innan jag även berättar om min maniska kartläggning på köksbordet.

På väg hem är kvinnan kvar på torget och det är då jag kommer på vad guiden i silvergruvan sade om gruvfrun. Att när hon visar sig i svart klänning är det för att varna om en förestående olycka.

44 Nödstopp

Har fått svårt att äta. Är hungrig men det känns som att maten förgiftar mig. Som att någon vill se mig död. Kan inte få i mig lunch. Använder rasten till att ringa företagssjukvården. Får tid med en gång. Bara jag i väntrummet, företagsläkaren ropar in mig och tar prover. Han tar dem själv, utan hjälp av sjuksköterska. Verkar njuta av det. Fyra rör blod. Tittar fascinerat på när den röda vätskan rinner ur mig genom en tunn slang och ner i glasrör och på med korken. Etiketter med mitt personnummer. Svar om tre dagar. Vi hör av oss till dig, säger läkaren. Du behöver inte oroa dig, vi har full sekretess även om det är din arbetsgivare som betalar räkningen, säger han och jag oroar mig.

Utanför läkarmottagningen ringlar en lång kö runt kvarteret, till dörren bredvid den jag gått in genom. Allmänsjukvård står det på skylten. Kön står helt stilla. Vissa sitter ner lutade mot husväggen. Någon har en sovsäck med sig. Jag har stått här i tre dagar nu, säger en köande till en annan. Inte konstigt, säger en tredje, företagsläkarna får ju tre gånger så mycket betalt nu sedan folk började bli sjuka. Skymtar läkaren genom fönstret en våning ovanför. Ser honom lyfta något föremål framför sig med utsträckt arm, ett provrör? Han lutar bak huvudet, gapar, och vänder upp och ned på föremålet ovanför munnen. Någonting rinner ner i munnen på honom. Han dricker. Vänder på huvudet. Tittar ut genom fönstret. Ner på gatan. Ner där jag står.

Några snabba steg runt hörnet. Några snabba blinkningar. Räcker för att övertyga mig själv att jag sett fel. Räcker för att styra in tankarna på annat som skrämmer. Tankar på att jag också blivit sjuk nu. Att det är vad provsvaren kommer att visa. Rädd för vad den här sjukdomen innebär. Har inte sett någon sjuk mer än grannen inser jag. Folk bara slutar dyka upp på jobbet och syns inte till mer sedan.

Det är sista dagen för att lämna in till chefen. Lösningar på problemet med att folk blir sjuka. Som om det var min expertis. Ser resten av chefsgruppen lämna in. Mapp efter mapp som dunsar ner på chefens bord. Själv har jag inte ens ett tomt ark. Timmarna rullar på och snart är jag där. Vid den tidpunkten. Arbetsdagens slut. Arbetsveckans slut. Klivet över är odramatiskt. En tidpunkt har ingen utsträckning. Det går inte att uppleva något där. Det finns bara ett före och ett efter men inget nu. Vänder mig om. Etthundraåttio grader. Som om det gick att blicka tillbaka till den andra sidan. Som om den fortfarande fanns kvar.

Chefen stoppar mig på vägen ut. Du har inte lämnat in något förslag. Nej, svarar jag. Jag ville ha dem idag, säger hon. Det är inte alltid man får som man vill, säger jag inte. Jag har inte riktigt hunnit, säger jag. Det är ingen fara, säger hon. Det är ju sådant som händer. Mycket nu. Räcker fint om du skickar över det ikväll.

I hissen hinner säljchefen precis få in foten innan dörren stängs. Klämmer sig in och vi är ensamma när hissen börjar röra sig nedåt. Han håller fingret mot nödstoppsknappen men trycker inte. Så, du lämnade inte in? Nej, säger jag, jag gjorde ju inte det. Vill du veta vad jag föreslog, frågar han. Nej det vill jag inte, men du lär väl berätta det för mig ändå, svarar jag. Jag föreslog att vi skickar hem alla bönder, säger han. Att firman betalar för en enkelbiljett till alla som inte hör hit. Till alla som har dynga i blodet. Hur ska du veta vilka det är, frågar jag. Det är enkelt säger han. Man känner det på stanken. När han säger det tar han ett steg emot mig och sniffar med näsan i luften.

145

Vet han att jag bara är femtio procent stadsbo? Att jag har en fot i myllan och en på trottoaren?

Utanför kontorsbyggnaden drar han på sig sin röda basker. Trevlig helg, säger han. I en tiondels sekund överväger jag att dra en hoppspark i ryggen på honom och dunka hans ansikte i asfalten. Men det får bli en annan dag. Detsamma, svarar jag istället.

43 Interferens

Vårregn. Som när jag hälsade på dig i lägenheten du delade med en studiekamrat. En halvtrappa ned och vi drack te medan regnet skvätte från gatan mot ditt köksfönster och vi såg fötterna på förbipasserande som skyndade hem. Hjälpte dig med vågrörelseläran och gick igenom exemplet med hamnen och vågbrytaren. Interferens och diffraktion. Vågor som passerar genom en trång öppning och böjs vid kanterna. Gick hem tidigare än jag föreställt mig.

Flyr undan regnet in i gallerian tvärs över gatan. Kinesen i andra änden, tänker att jag kanske kan kämpa ned vårrullar och lite wokade grönsaker till lunch. Halvvägs dit är det någon som ropar mitt namn. En mansröst. Han ropar mitt namn på det där sättet man inte vill höra sitt namn ropas på. På det där sättet som innebär att man inte kommer undan. Att man tvingas avbryta sin färd genom tid och rum och bli en del av någon annans spontanitet. Någon som inte valt att låtsas missa det här oväntade sammanträffandet. Känner igen honom direkt trots femton extra kilon och hälften så mycket hår. Vi umgicks inte då, sista året på gymnasiet när han kom till vår klass, och lär inte börja umgås nu. Ändå ska han tränga sig fram genom serveringen han sitter på för att ge mig en obekväm kram och fråga hur läget är. Nämna namn på andra klasskamrater och säga att han hörde att fysikläraren dött för bara ett par veckor sedan. Han gör det bra, jag behöver inte ta något ansvar alls för samtalet. När han tycker att det räcker ropar han på sin kollega och ursäktar sig. Vi har en stor leverans ikväll, kungens middag imorgon, säger han och lyfter på ögonbrynen som om han är imponerad av sig själv. Bakom honom ser jag cafébiträden som torkar av bord och en duva som har tagit sig in genom svängdörrarna i ett obevakat ögonblick och letar efter smulor som fallit ner mellan stolarna och plötsligt är hon där med tajta jeans och allt och det är hon som är kollegan och nu får jag höra hennes namn och namnet låter som en blomma men han presenterar oss inte för varandra och hon säger ingenting så jag får inte höra hennes röst men vi ser rakt in i varandras ögon och jag viker inte undan och hon håller kvar och det går sekunder, minuter, timmar, dygn, veckor, månader, år och lika fort är det över och allt jag kommer mig för att säga är vad är det för leverans. Blommor, säger han, vi är florister. Nä nu måste vi rusa, kul att se dig. Han klappar till mig på axeln och försvinner bort i folkhavet med henne strax bakom sig. Blomdrottningen.

I en storm av känslor seglar jag på en våg av adrenalin hela vägen bort till kinesen. Beställer in mat men får inte i mig någonting. Småspringer tillbaka till kontoret. Vårregn och interferens i vattenpölarna när regndroppar slår ner och nya ringar på vattnet möter gamla.

42 Medaljongen

Sol igen och jag slår i spikar på balkonggolvet. Trätrallen som jag lade samma sommar flickan föddes. Isdrottningen trodde inte att jag skulle klara av det och tjatade på mig att fixa spikarna som krupit upp redan efter ett år. På rent jävulskap lät jag bli och hon rev upp sina strumpbyxor på en av spikarna. Som om jag var hennes hantverkare. Hon hade ju kunnat slå i dem själv.

Står på knä nu med hammaren i ena handen. I ögonhöjd balkongens ena fäste i fasaden. Sprickor tunna som hårstrån i betongen längst in mot husväggen. Som om fästena börjat släppa.

Löven börjar komma tillbaka. Vill inte tjata om det men det är något med det. Det stämmer inte med allt annat. Likväl spricker de fram. Det är vår men med allt som händer borde träden tveka. Spara på energin.

Tänker att det är nu jag skulle kunna hitta ett spår efter isdrottningen här hemma som jag kunde skriva till dig om. Att jag kunde hitta hennes trosor under sängen, eller pälsmössan hon hade på sig på nyårsafton bakom en kartong i klädkammaren. Eller ett smycke? Medaljongen jag gav henne i julklapp. Vet inte hur jag har kunnat missa att den hänger på kroken bredvid hennes sänglampa. Lyfter av den och håller upp den mot ljuset. Så mycket hellre jag skulle vilja hitta ett klädesplagg som kanske fortfarande skulle bära kvar hennes doft. Medaljongen bar hon inte i mer än ett dygn och inget fastnade där. Men jag hittar ingenting och allt jag kan skriva till dig är att jag saknar hennes doft. Allt jag saknar är hennes doft.

När jag går ut på balkongen igen på kvällen sitter katten där nere och spanar upp på mig. Ser de gröna ögonen lysa i mörkret. Testar några lätta hopp. Sitter balkongen fast i sina fästen? Sitter katten och väntar på att jag ska rasa ner?

41 Ärtsoppa

Provsvaren kommer. Glutenintolerans, allergi mot stenfrukter och lågt järnvärde. Läkaren har skrivit ett brev också och påstår att jag har pinjemun. Jag har inte ätit pinjenötter.

På kajen vid parken hemma står de uppradade i kamouflagekläder. Grova kängor, och automatvapen i händerna. Helikoptrar surrar där uppe under den klarblå himlen och bandvagnar spärrar av cykelbanan. Mindre än ett år sedan vi hade picnic här på gräsmattan en helt vanlig vardagskväll. Åt pizza på filten och barnen kastade boll. Den gången var himlen knallrosa. Blev jag som fick vara den tråkiga till slut och samla ihop oss för natten. Brukade annars vara isdrottningens roll.

Flickan undrar om de leker krig. Ja, typ, de tränar, säger jag utan att ha en aning. Pojken går fram till en av dem, en fetlagd man med bockskägg. Tar sig in innanför det röda repet de spänt upp. Den fetlagde är där direkt och knuffar bryskt undan pojken som skrapar upp ena knät mot gatstenarna och det svartnar för mig.

Har du hunnit upplevt den känslan än? Hur man bara tappar allt när de mest primitiva instinkterna tar över kontrollen. Att skydda sitt barn från fara. Hur ingenting annat kan komma emellan.

Nu spränger grizzlypappan fram genom skjortbröstet och det är som den gången i skidbacken. Pojken som blev omkullkörd i kön till liften, ett moln av snö, stavar och skidor. Hur jag hade kastat mig på snowboardåkaren och vrålat åt honom. Bara tur att jag inte gick längre och att han lyckades hasa sig därifrån på sin bräda medan jag pusslade ihop pojken. Isdrott-ningens nöjda min, glad att se mig visa lite testosteron för en gångs skull. Tänk att du hade det där i dig, hade hon sagt. Tänk att jag hade en sådan man.

Men hon kan inte se mig nu och när jag är tillbaka sitter jag på knä omringad av fem män. De pekar sina automatvapen mot mig. Fem män med solglasögon. Alla med baskern långt ner i pannan. Kan inte se deras blickar. Vet inte vad de vill. Vet inte hur jag tar mig ur det här. Är innanför repet. Pojken och flick-an står utanför, gråter. Tanten med afghanhunden kommer förbi. Kanske är det det som räddar mig. Hon säger ingenting men männen med vapnen återgår till sina positioner och jag kryper under repet.

Hemma värmer jag en burk ärtsoppa i kastrull på spisen. Vet att barnen inte gillar den men de äter utan att klaga. Det är som att de förstår att det inte är läge.

Senare på kvällen undrar flickan vad det var de tränade på och jag svarar att jag inte riktigt vet. Kommer de att vara borta imorgon, frågar hon. Har de tränat klart då? Ja, säger jag, de är nog borta redan nu, säger jag och hoppas att hon inte kan höra smattret från helikoptern som hänger kvar där ute i skymning-en eller klapprandet från bandvagnen som fortfarande rullar över gatstenarna nere på kajen.

40 Tiotusen år

I mataffären säljer de godiset jag brukade köpa på lördagarna när jag var i pojkens ålder. Har inte sett det på över trettio år. Han är med mig och handlar och jag visar honom. Två påsar smaksatt pulver och en ätbar klubba man slickade på och sedan doppade i pulvret så att det klibbade fast. Körsbär och apelsin. Han vill prova. Det är inte lördag. Isdrottningen är på andra sidan jorden. På en annan planet. I en annan galax. Jag säger ja.

På skylten bredvid byggarbetsplatsen nedanför vårt fönster står det att det ska vara klart innan jul. Skojar med pojken om att det inte står vilken jul men han köper det inte. Jo, säger han, det står ju årtal där också säger han. Det är ju i år. Jag drar det längre och försöker med att det kanske kommer en ny nollpunkt efter den här tideräkningen och att det är på den tidslinjen parken kommer att bli klar. Efter efter Kristus föreslår pojken som är med nu. Eller så har det gått tiotusen år försöker jag, men man fortsätter skriva ut årtalen med bara fyra siffror?

Katten sitter i trapphuset. När vi går förbi nyser den. Trodde inte att katter kunde nysa. Är den också sjuk? När jag sätter nyckeln i låset öppnas grannens ytterdörr och två ambulanssjukvårdare kommer ut. Skynda er in, säger de och den ena är framme och knuffar till mig, som om det skulle göra att jag fick upp dörren snabbare. Frågar vad som hänt men de bara upprepar, skynda er in och stäng dörren. När vi är inne kikar jag genom titthålet och ser hur de rullar ut en bår. Det ligger en kropp på båren men den är täckt av en filt. Hela kroppen är täckt. Även ansiktet.

Han vill äta godiset innan middagen och jag tänker att jag ska svara nej. Han tittar på mig med sina stora kloka ögon och jag tänker att han är så mycket klokare än jag. Så jag svarar ja. Han doppar klubban i körsbärspulvret. Jag känner den artificiella smaken i munnen.

Cyklarna slängda i gruset. Sitter uppe i klätterställningen och dinglar med benen. Har inte tagit av mig hjälmen. Spiller lite av pulvret som följer vinden som just ruskat den stora kastanjen här bredvid. Min bästa kompis på avsatsen intill äter lakrits. Vi kan cykla överallt. Det är tjugo år kvar tills de kommer att sätta upp gallergrindar mellan gårdarna.

Var det gott, frågar jag. Nej, svarar han. Men det är kul att veta vad du åt för godis när du var liten. Senare på kvällen tänker jag på det där med tiden, att det kanske kommer att gå en pappa och en pojke här på jorden om tiotusen år. Att spåren efter oss kommer att vara något historiker studerar. Vi måste lämna något kvar så att de minns oss. Vi måste lämna något kvar som håller i tiotusen år. Det enda jag kommer på är att det måste vara av metall. Får fråga pojken imorgon, han har säkert en bättre idé.

När jag tänker på alternativet i sängen blir jag kall på huden. Det lägger sig en klibbig fukt mot täcket och jag vänder och vrider på mig länge innan jag somnar. Alternativet. Att det inte kommer att gå en pappa och en pojke här om tiotusen år. Att vi är bland de sista. Det är en ovanligt varm vår. Kanske blir nästa ännu varmare. Kanske är systemet satt i självsvängning nu. Kanske håller vi på att dö ut. Det är inte lördag imorgon heller men jag tänker att vi nog köper godis igen.

39 Vigselringen

De flesta dagar känns allt på något märkligt sätt ändå helt okej. Har förlikat mig med allt som gått förlorat. Idag är en sämre dag och frustrationen över allt som inte håller sveper över mig. Det är som ett dammigt täcke. Tung väv. Knyter nävarna och känner hur det krasar. När jag öppnar handen ligger där smulor av titan. Vigselringen som jag inte förmått mig att ta av mig har fallit sönder. Blivit ömtålig som frusen metall. Porös som när tjuven som stal pappas cykel frös den tjocka låsvajern med fryssprej och slog av den med hammare. Som om isdrottningen varit här och andats frost på ringen. Rakt över inskriptionen. Mitt namn, isdrottningens och ett datum för länge sedan. Öppnar fönstret och borstar av mig ett annat liv. Metalldamm som virvlar bort i vinden och sprids över buskar och grus. Blandas med rost från de gamla räckena runt rabatterna. Blandas med jord och stjärndamm.

Sitter i möte utan ring på fingret. Nästa punkt på agendan är namngivning av mötesrummen. Rummen har redan namn men chefen vill byta ut dem. De har namn efter fordon och vi sitter i Traktor. Det är inte chefen som har döpt dem och det är viktigt att hon som ytterst ansvarig för verksamheten kan stå för mötesrummens namn, säger hon. Det är viktigt i mötet med kunden. Nu ska vi komma med förslag. Någon föreslår färger. Röd, Blå och Grön. En annan former. Rektangel, Kvadrat och Cirkel. Tittar ut genom fönstret och tänker på diktatorer. Att vi kan döpa rummen efter det förra århundradets största folkmördare. Rummet vi sitter i kunde uppkallas efter diktatorn i öst som lät sin armé fördriva folk från städerna ut till jordbruken på landet. Rummet bredvid efter diktatorn i söder som massutvisade utländska arbetare och tjänstemän och fick ekonomin i landet att kollapsa.

Det är tyst i rummet nu och de tittar på mig. Det tar ett par sekunder innan jag förstår att jag inte bara tänkt det. Det tar ett par sekunder till innan någon bryter den pinsamma tystnaden genom att föreslå bokstäver. A, B och C. Eller siffror, säger ekonomichefen. Ett, Två och Tre. Tittar ner på min armbandsklocka som mäter pulsen. Etthundrafemtio. Etthundrasextio. Etthundrasjuttio. Det snurrar i skallen. Känner hjärtat slå hårt innanför skjortan. Etthundraåttio. Etthundranittio. Sträcker ut fingrarna och ser hur de darrar. En droppe rinner nerför ryggen. En till nerför tinningen. Synfältet krymper och jag ser spindlar krypa uppför väggarna och sprida ut sig över taket. Det sticker i fötterna och känns som att någon drar åt ett spännband runt bröstet. Får kämpa för att få i mig luft. Kommer att dö nu. Tvåhundra. Kan inte dö här inne. Måste spy. Måste ut härifrån. Hinner precis in på toaletten.

Femte frukostmötet i rad där det annonseras ut att någon medarbetare lämnar företaget. Chefen gör sitt bästa för att få oss att tro att folk slutar av egen vilja men det är nog ingen som inte läser mellan raderna. Metodiskt gör hon sig av med sina medarbetare en efter en. Vi är nere på sextio nu och är snart halva styrkan jämfört med det senaste årsskiftet. Nu blir det oroligt i stolarna och hon gör ett tafatt försök att beskriva att en fördel är att sjuktalen kommer att gå ner nu, när det är färre som kan smitta varandra. I ögonvrån ser jag säljchefens nöjda leende. Hon lyssnade på hans förslag. Det är alltså det som hon håller på med. Hon rensar ut de sjuka för att skapa en frisk styrka. Hon sållar ut.

Sista punkten på mötet är lanseringen av de nya namnen på mötesrummen. Hon gör en stor sak av det och jag lägger märke till att hon klätt sig extra fint idag. En högtidsdag för henne nu när hon äntligen ska sätta sin stämpel på det här kontoret. Hon inleder med att hon är tacksam för all input hon fått och är glad att se att det finns ett så stort engagemang och en så bred kreativitet i hela ledargruppen, och ja, faktiskt på hela företaget. Nu säger hon att hon har lyssnat på allas åsikter och är glad att kunna presentera en lösning som alla kommer att vara nöjda med. Hon klickar fram nästa sida i presentationen på den stora duken. Animerade fyrverkerier och så de nya mötesrummens namn. A1, B2 och C3. Applåder. De applåderar och det tar en stund för mig att förstå att det är på riktigt. Tittar ner på mina händer som ligger stilla i knät. Lyfter dem parallellt framför mig. Handflatorna mot varandra och mellan dem tjugo centimeter luft. Försöker föra dem mot varandra. Försöker delta men ett magnetiskt repellerande fält är i vägen. Hur mycket jag än försöker, hur hårt jag än biter mig i tungan, lyckas jag inte ansluta till deras applåd. Den rullar runt i rummet och jag ser chefens nöjda min, hur hon pressar för att inte se överlägsen ut. Käkmusklerna spända. Fingertopparna vita. De långa smala klackarna som lyfter en centimeter över golvet. Applåderna fortsätter rulla och rummet snurrar åt andra hållet och det går inte längre att avgöra vad som är upp och vad som är ner och jag välter stolen när jag ställer mig upp och jag kommer några steg men så måste jag ner på knä och jag kryper ut ur rummet men det är ingen som ser mig för de ser bara henne den store ledaren och de applåderar och deras handflator blir rödare och rödare och det sista jag ser är att det droppar blod från deras händer och att blodet sugs in i heltäckningsmattan och stänker upp på hennes vita klackskor och hon drar sina vita fingertoppar i det klarröda blodet.

Frisk luft i lungorna och nytt syre i hjärnan. Promenerar över bron och vidare söderut genom sovstäderna. På väg till min brors lägenhet går jag förbi gårdar där dagislokaler ekar tomma. Barnen växte upp och flyttade hemifrån och allt slog igen när inga nya barnfamiljer fyllde på. Klätterställningen där vi satt och åt godis är jämnad med marken och ersatt med stenläggning och nedklottrade parkbänkar där ingen sitter. I lägenheten står torkfläktarna fortfarande och mullrar och det tutar upptaget när jag försöker få tag i försäkringshandläggaren.

På vägen hem ser jag redan från bron att den gamla lyftkranen är igång. Kommer närmare nere på kajen och ser att den faluröda styrhytten är full med folk. Det lyser där inne och någon håller upp en karta ser det ut som. Gnisslar när de sänker den stora rostiga kroken ned mot en av husbåtarna och lyfter den ur kanalen. På andra sidan står en familj och en vakt i gul väst hindrar dem. Deras hem som sveper över dem och sänks ned i en stor container där andra båtar redan ligger och kippar efter syre, med gälarna blottade.

Kartongbitarna har glidit undan och bordet vickar igen. Borde ha fixat det ordentligt direkt. Inte låtit förfallet komma in och få fäste. Som han borgmästaren som fick ordning på kriminaliteten genom att slå ner på varje småbrott. Lät inga sönderslagna fönster bli kvar oreparerade.

Har fortfarande inte knäckt pojkens gåta med tabletterna. Två röda och två blå, ta en av varje. Har ingen aning. Tänker på diplomet från intelligensklubben. Lika bra att det inte sitter uppe.

37 Världens snabbaste kvalster

På morgonen är det helt tomt på båtar i kanalen och det hänger rödvita plastband runt pollarna och förtöjningsringarna på kajen som ska förhindra att nya båtar lägger till. Vattnet ligger stilla och ljusskylten som brukar visa tiderna borta vid slussen är släckt.

På ledningsgruppsmötet turas vi om att ge chefen beröm för hur engagerande hennes presentation av de nya mötesrumsnamnen var igår. Hon har lagt upp det som en punkt på agendan. Feedback min presentation, står det. Eller ja, vår presentation var det ju, säger hon när vi kommer dit. Det här gjorde vi tillsammans. Kan inte delta i det och låtsas få ett brådskande samtal när det blir min tur. Innan jag hinner avsluta det påhittade samtalet avslutas mötet och de andra kommer ut ur rummet. Fint, då säger vi så, säger jag till ingen i telefonen. Mötesdeltagarna skingras, jag står kvar en stund. I andra änden av korridoren spelar mina medarbetare rundpingis. Hör hur bollen träffar bordet, racket, bordet, racket, bordet, golvet. Protester och skratt. Rullar upp skjortärmarna och går dit. Öppnar dörren. Får man vara med? Han med skägget och tatueringarna räcker mig ett racket och jag kan fortfarande inte förstå att han är nästan tio år äldre än jag. Vinner första omgången. Spelar mycket sämre än alla andra i rummet. De kunde slå ut mig när som helst. Låter mig vinna. Bra spelat, chefen, säger de. Jag är chefen, med svett innanför skjortan men utan ögon i nacken. Ser inte vilka miner de gör när jag lämnar rummet obesegrad.

Han kan förstås inte låta det passera och kommer förbi mitt skrivbord under eftermiddagen. Gick det bra, frågar säljchefen och jag tror först att han menar pingisen så jag svarar att jag vann. Man brukar göra det, säger han, när man pratar med sig själv. Han ser min frågande min och lägger till, jag såg att det inte ringde vet du, under mötet i förmiddags. Jag såg att din skärm var släckt. Det finns bättre sätt att spela viktig på vet du. Det finns modernare trick. Han har inte förstått att det var feedbackrundan jag flydde ifrån. Antar att jag har tur. Du lär ju vara expert, svarar jag.

Nu tar de ner stängslen utanför vårt hus. Renoveringen av parken avbryts i förtid. Nya träd har planterats och gräsmattorna de rullade ut börjar få fäste i jorden men vi ser inga igelkottshus där vi står på de nylagda gatstenarna, pojken, flickan och jag. Han frågar mig, var är de pappa? Var är igelkottshusen, och när flyttar igelkottarna in? Jag vet inte, de kanske är där under marken, försöker jag men han köper det inte. Fråga pappa, fråga dem var igelkottshusen är, ber han och jag går fram till byggarbetarna som staplar nedmonterade stängsel på ett lastbilsflak. Frågar. Vi vet inget om det där, säger de, vi har bara fått order om att plocka ner stängslen. Vi vet inte vad det finns för planer, säger de men jag ser på deras ängsligt flackande blickar att de vet mer. Att de är rädda. Att de vill att vi går därifrån. När vi är framme vid porten hör jag steg bakom mig. En av dem som kommit efter oss och vinkar mig till sig, han vill säga något utan att barnen hör. Om du vill se igelkottar, säger han, så såg jag flera stycken där borta vid kullen. Han pekar. Jag tror de har sitt bo där. Tack för tipset, säger jag och låtsas att vi verkligen är genuint intresserade av att få se igelkottar. Inga problem, säger han, men om någon frågar så var det inte från mig du hörde det.

I hissen frågar pojken vad han sade och jag svarar att de kommer senare, igelkottarna. De kommer nästa sommar, säger jag. De kommer när gräset satt sig och körsbärsträden blommat en andra gång.

Från fönstret ser jag sedan hur byggarbetarnas arbetsledare svänger in på torget. Svart bil med tonade rutor. Kliver ut och gapar på dem. Öppnar snabbt fönstret men kan inte höra vad de säger. Ser bara att han bär basker. Antagligen hälften så gammal som dem. Han gapar på dem och de viker ned sina huvuden. De gapar inte tillbaka.

Medan jag lagar mat berättar pojken att han läst om världens snabbaste kvalster. Trehundratrettiotvå gånger sin egen kroppslängd kan kvalstret förflytta sig på en sekund. Om det var stort som en människa skulle det vara i mål innan världens snabbaste sprinter ens hunnit ur startblocken, berättar han.

Vi sitter vid bordet och äter och det vickar under oss. Det fungerar inte längre med kartongbitarna och när vi har dukat av spelar pojken och flickan ett tärningsspel på mattan i vardagsrummet medan jag vänder bordet upp och ned. Tar fram spillbitar från när vi lade trallen på balkongen. Sågar till en tunn skiva och fäster den under bordsbenet med dubbelhäftande tejp. Vänder tillbaka bordet. Testar. Stadigt. Vänder det igen och lägger lim istället för tejp. Räknar med att bordets egna tyngd ska räcka för att få det att gå ihop ordentligt under natten.

Så minns jag att vi pratade om det, du och jag. Om borgmästaren och de sönderslagna fönstren, att du läst att det inte riktigt stämde. Att det saknas evidens för att allvarlig kriminalitet sjunker när mer poliskapacitet fokuseras på att slå ner på småbrott. Du läste artiklar och kriminologiska avhandlingar och berättade för mig, så där som du alltid gjort. Alltid gått till botten med saker, aldrig accepterat lösa förklaringar och ogrundade verklighetsbeskrivningar. Alltid breddat min horisont.

36 Millisekunder

I ryggsäcken limpsmörgåsar med ost och gurka till mig och flickan, till pojken skinka. När vi berättat varför kalkonen hon hade på mackan hette samma sak som fågeln blev hon vegetarian. Tre vattenflaskor. Vi tar färjan över och går förbi koloniträdgårdar där slokande solrosor hänger över staketen. Fruktträd. Minns du? Vi brukade palla plommon på rasterna och lägga femkronor på rälsen. Det var när tågen fortfarande gick och vi satt uppkrupna på höjden ovanför och såg godstågen platta ut mynten. Nu är tunnlarna stängda men spåren finns kvar. Igenfyllda med gummi tvärs över cykelbanan för att man inte ska fastna med däcket.

I skogen rasslar det i snåren av sjudande liv och vi ser baken på ett rådjur som flyr in i tätare vegetation. Stannar vid bäcken som flyter under träbron. Slänger i pinnar och ser dem komma ut på andra sidan och vidare runt kröken. Pojken fascineras av att det är samma bäck där vi försökte hjälpa islossningen på traven i vintras. Frågar var allt vatten tar vägen. Rinner det ut i havet? Flickan som säger att det står ett troll där och gapar på slutet. Ett törstigt troll. Vi klättrar upp på klippan och äter vår matsäck. En annan luft här bara några kilometer utanför stadsgränsen. Drar ett djupt andetag. Medan det fortfarande går. Var kommer den tanken ifrån? Här uppe på klippan ser man ut över skogen. Den sträcker sig flera mil bort i öster. Kan den någonsin ta slut? Kan någon ta den ifrån oss?

Ljud från andra sidan klippan, barnröster, inte mina. De kommer upp till oss. Ropar ned till sin mamma. Kom upp hit, ropar de. Man ser till världens ände. Det måste jag se, svarar hon där nerifrån, vänta på mig. En duva sitter i tallen ovanför oss och väntar på att få kalasa på våra smulor och plötsligt är hon där och har gröna friluftsbyxor istället för jeans och nu har jag fått höra hennes röst och vi ser rakt in i varandras ögon och jag viker inte undan och hon håller kvar och det går sekunder, minuter, timmar, dygn, veckor, månader, år och från toppen av klippan kan man bara klättra nedåt men vi stannar här uppe där solen värmer från en klarblå himmel.

Det är ju du, säger hon och jag har tretusen millisekunder på mig att svara för att inte framstå som fullkomligt tafatt. Det tar tusen millisekunder att inse det. Tusen millisekunder till att förstå att jag har en enda chans. De sista tusen millisekunderna använder jag till att dra ner luft i lungorna. Sedan svarar jag.

Det tar kortare tid än så för barnen, de sitter redan uppe i samma träd alla fyra och deras skratt fyller i den tystnad som annars hade varit mitt ansvar. Blomdrottningen och jag sitter bredvid varandra på klippan. En decimeter berg mellan oss. Vill säga något mer, men hur introducerar man sig själv när man väl börjat tvivla på vem man är? När man inte riktigt vet vem man är på väg att bli?

Så oväntat snabbt molnen kan driva in och skymma solen. Så orimligt snabbt man kan glömma hur kall luften fortfarande är efter en lång vinter. Den här stunden tar slut för fort och de lämnar före oss. Blomdrottningen och hennes plantor, tänker jag fånigt. Ingenting blir sagt om var hon bor, vart hon kommer ifrån eller vart hon är på väg. Allt det har jag kvar att lära mig. Det enda jag vet nu är att det inte är räkor och vitt vin jag ska ta med mig när jag hittar henne igen.

35 Skeppsbruten

För varje dag blir de fler, tiggarna i gathörnen. De har kommit hit från städer ett par mil härifrån. Från landsbygd och småorter har de tagit sig hit, lämnat hus och familj för att försöka försörja sig på storstadsbornas givmildhet. Ser vissa ge dem en slant, andra fräsa föraktfullt. Någon ger en ung kvinna i flätor en grillad kyckling och hon river genast loss stora stycken vitt fågelkött med tänderna.

Utanför en mataffär kör en äldre man med flit över fötterna på tiggaren med sin kundvagn. Utanför en annan står en polisbuss och jag hör konstaplarna samtala med butikschefen. Det blir bara värre och värre säger han. Konstaplarna berättar att de inte kan göra något ännu så länge det inte begås traditionella brott. De säger också att de både hoppas och tror att det snart ska kunna bli en ändring på det. En av dem knäpper loss batongen ur bältet och vevar med den i luften. En annan gestikulerar åt honom att sätta tillbaka den.

Den kvällen står jag längre än vanligt på balkongen. Ser ner på lekplatsen och grillen som ingen använt på länge. Traditionella brott. Ännu. En batong som gör figurer i luften. Pappmugg med småslantar och en halväten grillad kyckling. Vad är det som blivit värre och värre? Vilken ändring är det som snart kommer?

En fiskmås gör ett varv runt innergården och lyfter sedan bort mot vattnet. Har den gjort varv efter varv här under alla år? Vad har den sett? Stannar den på samma plats? Hur länge lever den? Såg den oss flytta in? Såg den isdrottningen den där tidiga morgonen i vintras när hon lämnade oss? Hon hade letat upp svaret i sin telefon. Tio sekunder bort. Varför undra när man kan veta, hade hon sagt, och tagit reda på att den flyttar på vintern men kommer tillbaka igen när det blir vår. Att den blir upp till trettio år. Att den hade sett allt men inte hade något tillräckligt väl utvecklat språk för att kunna berätta för någon om det. Hon hade tagit reda på allt det där, men missat det viktigaste. Att det egentligen är själen från en skeppsbruten som seglar över taken.

34 Diskmaskinen

Med båtarna borta lyfter de skrot ur kanalen nu. Mobiltelefoner, cyklar och rostiga verktyg. Cykeln från parkleken, den med tre hjul, står redan uppe på kajen. Droppar vatten från det gröna och det röda handtaget. Någon måste ha slängt i den. Blundar och det blixtrar till, en bild som får kallsvetten att bryta fram och pulsen att rusa. Pojken på cykeln där nere på kanalens botten. För stor för den och knäna som klämts fast under styret. Han kommer inte loss. Han ser vattenytan där uppe och kroken från lyftkranen som svänger ut men när han skriker kommer det bara bubblor ur munnen på honom. Han skriker tills det inte kommer fler bubblor men när jag öppnar ögonen står han här bredvid mig. Han är torr. Han frågar mig vad som har hänt med cykeln och jag känner pulsen sakta gå tillbaka. Tar längre tid för kallsvetten att torka.

Något mer här bland allt skrot, så mycket rost att det tar en stund att se vad det är. En kassettbandspelare. Bred med dubbla kassettfack. En sådan jag hade på hyllan i mitt pojkrum. Vi spelade in blandband och mixade. Räknade ut sekunder och hittade tajmingen. Paniken att hitta inspelningsknappen när bästa låten spelades i radio. Fyrtiofem minuter på varje sida och fick inte bli luft på slutet. Skulle fyllas ut perfekt. Försöker förklara för pojken. Han lyssnar förundrat. När han föddes hade kassettbanden redan legat i kartongen i källaren i flera år.

Hemma är skärmen på diskmaskinen svart. Händer ingenting när jag trycker på startknappen eller försöker byta program. Nu diskar jag för hand för att få plats att laga mat. Middagsdisken från igår och frukosten från idag. Minns du att jag diskade på hemkunskapslektionerna? Jag diskade och du lagade maten. Nu gör jag både och medan pojken och flickan bygger ett fort i vardagsrummet av flyttkartongerna. Har sagt åt dem att de inte får använda de vita. Inte för att det är något ömtåligt i kartongerna, men tänk om de skulle råka välta dem och innehållet skulle ramla ut på mattan.

Gräver i andra flyttkartonger när vi ätit. Hittar samlingen med kassettband. Mixarna vi gjorde. Låtlistan med pojkens handstil på baksidan av fodralet. Men inte min pojke, pojken som skrivit är jag. Min vuxna hand håller i kassettbandet som pojken som var jag skrev på för trettio år sedan. Samma hand höll i pennan som skrev. Den vänstra. Det går inte att förstå. Öppnar fodralet och viker ut pappret, letar efter något mer. Vill hitta ett meddelande från pojken som var jag då till mannen jag är nu, men det är tomt där. Håller upp det för mer ljus, som om det skulle ha bleknat. Letar efter avtryck av pennan men det finns inget där. Läser igenom låtlistan. Läser den som om den skulle vara sammansatt för att berätta något för mig. Ge mig någon ledtråd. Hjälpa mig förstå. Sjunker i magen när jag minns. Det var inte så det var. Vi skulle inte bli vuxna. Det fanns ingen att skriva något meddelande till. Det fanns bara tajmingen och de fyrtiofem minuterna som skulle fyllas ut perfekt.

Har inte kvar någon apparat att spela upp banden i. Ser det glansiga magnetbandet upprullat där inne genom den genomskinliga hårdplasten. Kan inte avkoda det. Bär ner hela lådan med kassettband till grovsoprummet. Här nere har någon lämnat ett drygt dussin runda glasskålar. Ser hela ut. En sådan vi hade Elvis i tills den gick i golvet och han försvann.

Pojken berättade om det häromdagen förresten, man ska inte ha fiskar i runda skålar hade han läst. De trivs inte med det förvrängda perspektivet.

33 Sirener

Gör mig i ordning inför loppet. Tvekar. Svårt se syftet med att fullfölja det här. Ett halvår sedan jag anmälde mig och nu några timmar innan start finns det ingenting i min kropp som går igång på de drygt tjugotusen meter som ska springas. Mitt tionde halvmaraton. Är inte alls i form. Är inte alls sugen. Ändå säkerhetsnålarna som fäster nummerlappen på linnets framsida. Ändå tejpen över bröstvårtorna för att slippa skav. Ändå vätskeersättning, förebyggande. Listan på bordet med barnvaktsinstruktioner till farmor. Min mamma. Hur rollerna förändras när generationerna förskjuts. Hur någon som sprang som barn över broarna blir en mor till ett barn och sedan en farmor till ett annat. Vet att de är trygga med henne. Vet att hon tar hand om dem. Ändå oron som växer för varje steg när startskottet gått. Bråttom, men inte i mål. Bråttom hem till dem igen.

Vi har passerat halva sträckan och det börjar bli trängre i banan, jag får sicksacka för att kunna hålla tempo. Slalom mellan löpare som gått ut för hårt och börjar mattas av. Banan svänger upp på bron över inloppet. Stått många gånger nere på kajen med barnen och tittat på när bron öppnas för att släppa igenom lastfartyg med höga master. Här uppe är det en vägg av löpare nu.

Tränger mig fram igenom den. Längst fram har funktionärer spärrat vägen. Ett glapp mellan brodelarna. En lucka där bron inte gått ihop ordentligt. Och där nere, fyrtio meter ner, en sjöräddningsbåt som fiskar upp en livlös löpare ur vattnet. Pråmar med varor som anländer från andra sidan världen står på kö i väntan, deras lastmärken precis i vattenlinjen, maximalt lastade med sådant som inte produceras här.

Nästan tvåhundra år nu sedan märkena på skroven infördes för att undvika överlastade fartyg. Sjömännen förr lämnade hamnen med sjunkande skepp. På förhand dömda till att gå under. Fartygsägarna inkasserade försäkringspengar medan de drunknade sjömännen återvände som fiskmåsar. Seglade in över hustaken.

Den livlöse löparen är uppe nu och sjukvårdare kämpar med att få liv i honom. Står där och tittar, svetten som rinner innanför mitt löparlinne. Saltavlagringar på ryggen. En av sjukvårdarna sträcker sig efter något och det är då jag ser de röda löparshortsen. Framgångsröda löparshorts med slits och en livlös medelålders löpare med flint. De jobbar länge med att få liv i honom men när ambulansen kör iväg är sirenerna inte påslagna. De följer trafikens rytm. De har inte bråttom.

Från andra sidan bron lägger de ut plank över glappet i bron så att loppet ska kunna slutföras men jag bryter här. Tar mig tillbaka genom havet av löpare och ned från bron. En taxi tar mig nästan hela vägen tillbaka till startområdet där jag har mina ombyteskläder och en timme senare är jag hemma hos pojken och flickan igen. De frågar hur det gick. Tänker på pråmarna som höll sig flytande. Tänker på löparen som sjönk.

Det gick bra, säger jag. Det gick bättre än jag hade räknat med.

32 Värmebölja

Ett högtryck parkerar över staden och den nyss så kalla vårluften värms snabbt. Ingen är förberedd och värmen får ett stort försprång. Asfalten smälter och i inrökta lägenheter sitter pensionärer och dör i sina gungstolar. Det ställs ut vattenspridare på kyrkogårdar och jag ser kontorsarbetare springa genom dem på lunchen med kostymbyxorna uppkavlade till knäna.

Pojken ska på badutflykt och jag tar fram badbyxorna. Han får inte plats i dem längre. Det är sen kväll och ingen chans att köpa nya nu. Isdrottningen hade ringt en granne och frågat om lånebyxor. Gör inte sådant. Vet inte vad jag skulle säga. Hur jag skulle inleda ett sådant samtal och hur övergången till frågan om att få låna badbyxor skulle gå till. Vet inte hur jag skulle tacka. Eller säga att det är lugnt, det löser sig ändå. De ska iväg klockan elva. Han måste ha nya. Butikerna öppnar tio men jag har möte från klockan nio till lunch. Han får stanna kvar på skolan tänker jag. Det måste vara fler som inte ska med på utflykten. Men pojken älskar att bada. Kan inte missa mötet. Så slits jag tills jag ställer mig framför spegeln och undrar vem det är som tittar tillbaka på mig med den där förebrående minen. Vem som låter gamla skeva prioriteringar dröja sig kvar. Sedan slits jag inte mer.

På morgonen lämnar jag barnen och går hem igen. Ringer mig sjuk och väntar in butikerna. Köper ett par svarta med vita palmer och en klarblå våg. Surfarstil sade han att det skulle vara. Expediten tittar så konstigt på mig. Som om jag vore sjuk i huvudet som köper nya badbyxor medan staden är i upplösning. Kanske är jag det. Levererar nya badbyxor till honom i skolan i god tid innan avfärd och går hem, nöjd. Läser okoncentrerat och försöker naivt få svalka genom att ha fönstren öppna men det är varmare ute än inne och jag stänger.

Stryker längs med husfasaderna för att hitta skugga. Butiksskyltar som hänger löst i sina fästen. Spruckna skyltfönster. En klädställning som rasat och billiga kläder i en hög på trottoaren. Orden som studsar i mitt huvud. Allting förfaller. Allting förefaller förfalla. Allt är före fallet. Alla faller. Minns plötsligt rebusen du ritade, men bara nästan. Får inte ihop den helt. Bokstäver staplade på varandra. Längst ner stora I, ovanpå två stora A och mellan dem bokstäverna n, l, e och j. Om I faller rasar resten. Faller I faller A faller alla nlej. Falleri fallera fallerallanlej.

Stora I. Som på skylten på hörnet, turistinformation. Ett äldre par står där med en karta och frågar om något. Mannen med midjeväska. Fortsätter folk att resa hit? Varifrån reser de? Är det ingen som avråder dem?

Chefen ringer mig sent på kvällen. Ursäktar sig inte. Vill boka en lunch med mig. En vecka från nu. Vi bokar och lägger på och jag tänker att jag borde ha frågat vad vi ska prata om på lunchen.

31 Äta katt

Idag har jag tagit med mig lunchlåda. Din veganska korvstroganoff. Skippade löken. Det är något sällsamt och nästan sakralt att byta lunchrestaurangens sorl mot det lilla kökets tysta ensamhet. Sitter några kvinnliga kollegor vid det andra bordet. Hör bara brottstycken av deras samtal men förstår att de pratar om säljchefen och hur fruktansvärt det är och tänk på hans fru, tänk på barnen. Att behöva leva med att ens man, ens far, fallit från en bro och slagit ihjäl sig mot vattenytan. Att behöva gå över den bron varje dag och titta ned i det mörka. Att aldrig sluta falla. Sedan pratar de om annat och det blir ett sådant samtal jag skulle vilja delta i. Ett sådant samtal som bara en grupp kan ha som är fri från den sortens man de tror jag är. Kan inte ta mig dit. Kan inte ta mig ur det här skalet. Finns inget sätt att få dem att bjuda in mig i samtalet och inget sätt att tränga mig på utan att döda det.

Läser på min telefon om den flera hundra år gamla fjällkåtan som bränts ned av fogdarna i norr. Hällde på rödsprit och tände på. Stod där sedan med sina baskrar och såg på när allt blev till aska. En vindby drev svarta sotiga flagor bort över snön som fortfarande ligger osmält där uppe medan värmeböljan snabbt blivit en olägenhet här längre ner i landet. Hos elektronikkedjorna tar bordsfläktarna slut och när jag var inne nyss och frågade om leveranstider hoppade två unga killar över disken och snodde den som stod där på andra sidan för att svalka butikspersonalen. Ute igen med sitt byte på nolltid. Dagskassan och den dyra elektroniken lämnad orörd.

Utanför på gatan satt en tiggare. Hans pappersmugg var tom och han höll en konservburk i handen. En bild på en katt. Läste noga på förpackningen innan han öppnade burken och tog första tuggan. Tänker på det när jag äter min lunch. Undrar om han förstod att det var kattmat han fått av någon förbipasserande, eller om han tror att han äter katt. Kan inte bestämma mig för vad som är värst.

30 Stålreglar

Fixar inte koncentrationen i det här mötet. Ett oavbrutet pratande där ingenting blir sagt. Ingenting som någon kan hållas ansvarig för. Jobbar med tanken utanför fönstret för att inte nicka till. Något där att fokusera på. Ett pensionärspar som försöker hinna över gatan. Någon sover på en bänk. Innanför stängsel sliter de upp asfalten i körbanan och jag ser taket på en buss som tar en omväg. Datorn framför mig. Behöver den inte i mötet men tagit med den ändå. Står här som ett skydd. Gömmer mig bakom den. Alla de andra har tagit med sig sina datorer. Gömmer sig bakom dem. Låtsas anteckna något. Tunn och lätt. Hur långt skulle den flyga om jag kastade den som en frisbee? Eller en diskus. Om jag greppade den ovanifrån. Fingrarna krökta över kanten och så draget hela vägen bakifrån. Axeln fram och armbågen som följer med. Det sista blir knixet med handleden för att få spinn med den. Fyrtiofem grader. Svider till i fingertopparna när de glider över det skarpa aluminiumchassit. En snurr först för att få med mig höften. Stämma av med foten i gruset innanför kastringen. Inget övertramp. Fångstnätet bakom mig och jublet från läktaren. Vit flagg. Etthundra meter gräsplan här framför och på sidan funktionärerna redo att springa ut och mäta från nedslagsplatsen.

Inte det mjuka dova ljudet när diskusen slår i backen och studsar vidare. Smällen när datorn går i väggen. Stum landning. Ett hårt skarpt ljud. Skulle den hålla?

Tyst i rummet nu. Letar med fingrarna efter tangentbordet. Tittar ned. Datorn inte där. Tittar upp. De stirrar på mig. En efter en vrider de på huvudet mot väggen mitt emot. Gipsvägg. Min dator sitter där tio centimeter in fastkilad. Har skurit ige-

175

nom som en kniv i smör. Handflatan svettig. Ställer mig långsamt upp. Stolen välter bakom mig. De flyttar på sig när jag går fram till väggen. Den sitter hårt men lossnar när jag tar i hårdare. Ett moln av gipsdamm. Genom skåran syns stålreglarna där inne.

Lagar alldeles för sen middag till barnen. Genom köksfönstret ser jag grannflickan på väg hem över torget med en matkasse i handen. Femton meter bakom henne en man i grå luvtröja, likadan som min egen. Det skymmer och han har luvan uppdragen så jag ser inga ansiktsdrag. Flickan lyssnar på musik. Mannen skyndar på stegen och är tolv meter bakom henne. Tio. Hon försvinner in genom valvet in till innergården och jag skyndar mig genom lägenheten och ut på balkongen. Ser henne närma sig porten och mannen nu bara några steg efter. Hon är snabb med fingrarna på portkoden och är inne. Porten slår igen innan han hinner fånga den. Vill ropa något men hejdar mig och han fortsätter längre bort på gården. Slår koden och in genom porten i hörnet. Jag ser trapphuset lysas upp och sedan lampor i en lägenhet som tänds. Det tar den tid det tar att ta sig de två våningarna uppför trappan. Han är hemma. Jag står kvar och ser hans skuggfigur röra sig i lägenheten. Han öppnar balkongdörren och kliver ut. Står där en stund och tycks dra djupa andetag, andas in kvällsluften. Så fäller han ner luvan och tar upp något. Han siktar på mig och det glänser till. En kikare. Står som förfrusen. Han sänker kikaren, håller ut den utanför balkongräcket och svänger med den som en pendel. Släpper taget och kikaren faller fem meter ner i asfalten. Eko mellan husväggarna när glaslinser splittras.

29 Fläcken

Kommer in till kontoret och någon annan sitter på min plats. Du har fått sparken säger han. Tio år yngre. Chefen inne på sitt rum ber mig komma in. Stänger dörren bakom mig. Du måste förstå säger hon och jag tänker att det inte var idag vi skulle äta lunch. En iskall klump i magen smälter snabbt. Lättnad. Nu är den här saken klar. Hon stoppar mig när jag är halvvägs ut. Ska du inte säga något? Väljer en stund mellan att be henne dra åt helvete och att tacka för den här tiden. Kan inte välja. Ser på henne. Håller kvar blicken tills hennes viker undan. Är nära att göra valet ändå men backar ut. Stänger dörren. Kontorslandskapet har aldrig varit så tyst. Mina kollegor aldrig så upptagna. Det är lågtryck här inne. Kvavt och stilla. Går och hämtar min dator för att lämna in den. Vilar i handflatan. Större yta här, hur långt skulle den segla om jag testade? Skulle det bli rekord? Längre än förra gången?

I entrédörren en sista gång. Minns förra sommaren. Samma hetta då. Alla människor. Överallt alla människor och ingenstans att fly. På kyrkogården sitter marknadskoordinatorer, exekutiva chefer, designers och redovisningskonsulter på månghundraåriga gravstenar och dricker lunchjuicer eller tuggar i sig sushirullar köpta i luckan två kvarter längre bort.

Rimligt beslut ändå. Har ingenting här att göra längre. Det var ett bra tag sedan jag hade det. Det enda jag är besviken på är lunchen. Hade velat veta var hon hade bokat bord åt oss. Hade velat se henne äta och spilla olja på sin dyra klänning. Paniken när hon ropade till sig kyparen som om det fortfarande fanns något att göra. Något sätt att få bort fläcken.

28 Midsommar

Det blir midsommar även om jag helst skulle slippa. Det var isdrottningens sak. Hennes traditioner. Hennes dans runt stången och nubben till sillen. Nu stannar vi hemma och går till firandet i stadsparken med ett lätt regn hängande ovanför oss. Pojken och flickan får sockervadd och det finns sparkcyklar att låna vid skateboardrampen. Dans runt stången trots allt, kommer inte undan det när flickan gärna vill men inte vågar utan att jag är med. Som på alla sådana här platser och vid alla sådana här tillfällen är flockens alfahanne på plats och markerar position direkt. Han har halmhatt med brättet uppvikt där bak, vit skjorta med blå liljor instoppade i dyra jeans som gör allt för att inte se dyra ut. Jeansen instoppade i dyra gummistövlar som gör allt för att inte se dyra ut. Regnjackan, likadan som min, den som det gick hål i. Pratar högt med sin kompis tvärs över ringen med dansande midsommarfirande och hans kritvita leende är en bländande glaciär i den täta skäggstubben. Rakt över ringens diameter tjoar de till varandra och de är så där ledigt glada och har precis rätt distans till det hela. Det är en distans jag aldrig kommer att ha. Det kommer alldeles för nära och jag kan inte andas. Måste fly alldeles för långt bort ifrån det. Kan aldrig hitta rätt avstånd.

Det är flera hundra människor här i parken men han är överallt. Han är i kön till sockervadden. Han är vid skateboardrampen. Han sitter på picnicfilten precis bredvid parkbänken jag sätter mig på för att andas medan pojken och flickan far omkring. Hans röst hörs över alla andra. Hans leende dränker andras leenden. Han gör ingenting fel. Han är allt som är fel. En broms som inte ger sig förrän den får suga blod. En broms som inte ger sig förrän man smäller den med handen och den faller ned död.

Hemma efteråt tar jag fram hatten, skjortan, jeansen, gummistövlarna ur garderoben. Hänger där sedan vi hjälpte hennes föräldrar att rensa ut torpet inför försäljningen efter sista midsommarfirandet tillsammans. Allt det där jag betalade så mycket för, så att det inte skulle se ut som att jag hade betalat så mycket för det, har hängt här sedan dess. Fotot ligger där också. Står där med pojken och flickan på varsin sida. Isdrottningen och jag. Ler, inte hon men jag. Kritvita tänder och skäggstubb. Hade ondgjort mig inför henne nu. Hade pratat om alfahannen i stadsparken trots att jag vet att hon inte hade förstått. Hon hade sagt att jag är samma.

När pojken och flickan har somnat trycker jag ned allting i en påse och slänger den i sopnedkastet, vill vara av med det. Som att gnugga bort stelnat baconflott ur stekpannan. Hon hade sagt att jag är samma men jag bar dem faktiskt inte idag. Kommer inte att bära dem igen.

Sätter mig vid datorn för att söka efter jobb. Ingen uppkoppling. Ringer bredbandsleverantören, tutar upptaget. Försöker koppla upp mig från telefonen, drar den lilla vita runda låtsasknappen åt höger och det blir grönt men när jag släpper åker den tillbaka.

Har inget internet. Har inget jobb. Osäker på vad jag kommer att sakna minst.

27 Spisen

Det hålls en politisk festival på ön i inloppet till staden. Har plötsligt tid nu när jag inte måste in till kontoret och tar färjan dit, femton minuters färd över stilla vatten medan staden vaknar. Det är tidigt på dagen och redan varmt, högtrycket viker inte ned sig. Ställer mig längst fram och känner den sköna svalkan av fartvinden men det är något annat i luften också. En vind in från sidan som biter hårt. En vind av förändring som river kinderna röda.

På ön håller de etablerade partierna inplanerade möten och seminarier men störs av burop från en grupp som tagit sig ut med egna båtar. De har inget informationstält och syns inte i programlistorna. Män och kvinnor, vissa maskerade, andra som visar sina ansikten. Är här för att tysta ned röster de inte tycker ska höras. De bär alla basker. Vi som är här av andra skäl kommer snart att prata om dem som Gruppen. Polisen är på plats för att upprätthålla lag och ordning men gör ingenting för att stoppa Gruppens sabotage. Det är det första offentliga sammanhanget där polisen bär sina nya huvudbonader och det är svårt se skillnad på dem och baskrarna.

Vid ett av tälten knuffas en äldre kvinna omkull av några ur Gruppen som vill plocka ner hennes regnbågsfärgade flaggor. Hon skrapar upp armen mot gruset. En pojke med intellektuellt funktionshinder som är här för att hobbyfotografera får sin kamera förstörd av Gruppen som inte vill ha sina ansikten förevigade.

Fram till strax efter lunch är det oklart vad Gruppen vill mer än att sabotera festivalen men nu samlas de mitt framför den stora scenen och reser sina plakat. Det är borgmästarvalet de inriktar sig på. Med rollerna ombytta, om än via en av Gruppen iscensatt kupp som saknas i programmet, kliver kvinnan med regnbågsflaggorna fram och buar. Ett enda burop hinner hon få fram innan polisen är där och bär bort henne. Släpar henne genom gruset.

Tar eftermiddagsfärjan hem och hämtar barnen. Ännu en vardagskväll. Ännu en middag som ska lagas. Ännu en gång vrider jag på reglaget till den bakersta plattan. Går långsammare där men sitter fortfarande i ryggmärgen att inte ha kastruller med kokande vatten längst fram på spisen efter filmen vi fick se på föräldrakursen när vi väntade pojken. Vrider på reglaget men inget händer. Ingen lampa tänds. Ingen platta blir varm. Ugnen. Samma. Börjar vänja mig nu. Kontrollerar inte ens proppskåpet. Hämtar spritköket från klädkammaren. Rödsprit på översta hyllan i köksskåpet. En flaska. Missade det när jag fyllde på survivalistförrådet i klädkammaren. Räcker nu ikväll men förstår att jag kommer att behöva mer. Antagligen mycket mer.

Är helt slut i affären men på torget står en röd bil, kombi med bakluckan öppen. En man i femtioårsåldern som säljer rödsprit ur bakluckan på sin röda bil. Han ska ha hundra spänn per flaska men någonting säger mig att priset kommer att vara högre om några dagar så jag slår till på tio flaskor. Hemma sedan är jag tusen kronor fattigare men känner mig rik när jag ställer in flaskorna i klädkammaren.

26 Stången

Vet inte varför jag fortsätter gå hit. Den biffige som lastar på vikter på stången. Fler och fler, fullt hela vägen ut till ändarna. Stången med vikterna på golvet, han spänner det breda bältet runt midjan. Drar åt hårt. Kepsen bak och fram och hörlurarna på. Greppar stången och ut med rumpan. Ser knogarna vitna. Lätt böj i knäna och stången nära benen. Bågnar när han drar den uppåt. Vi andra tittar på i avund. Han pressar med fötterna i det sviktande golvet och lyfter med baksida lår och ryggen som ett V. Ådrorna i halsen. Kinderna fyllda med luft. Nästan uppe när det brister. Ljudet av stången som går av. En skarp sjungande smäll. Ljudvågor av metall. Sedan ljudet när den taggiga avbrutna änden går rakt in i halsen på den biffige och ut på andra sidan.

Allting fryser i tiden här.

Kan gå ett varv i lokalen och se chocken i ögonen på kvinnan som sitter på träningscykeln och nyss trampade utan motstånd. De två unga killarna borta vid hantelställningen som inte hunnit vända sig om än men verkar ha hört ljudet. En tjej på löpbandet ovetandes, spegeln på väggen mitt emot nedtagen dagen innan och hon stirrar in i den gula vävtapeten där bakom. Den biffiges knallröda ansträngda ansikte, blodet har inte lämnat än. Smärtsignalen från halsen upp till hjärnan har en decimeter att vandra.

Tillbaka där jag står och tiden släpper taget igen. Låter allt rulla igång. Skriken från de som står närmast. Dunsen när den andra hälften av stången går i golvet. Det är något brötigt som kommer ur munnen på honom. Ett ljud som snart dränks i blod och saliv som han frustar ut. Går ner på knä och stången tränger längre ut. Han hänger som ett stort stycke kött på ett grillspett. Nu störtar tre andra fram och välter honom på rygg. Allt är redan försent men jag hinner precis tänka att de inte ska dra ut stången. De drar ut stången. Utan den som propp tar det femton sekunder för allt blod att lämna hans kropp. Pumpar ut som ur en trädgårdsslang där någon vrider på och av kranen nittio gånger per minut. En av dem som dragit ut stången lutar sig över honom och börjar i vild panik ge honom hjärtkompressioner men glider runt med händerna på den nedblodade bröstkorgen och lyckas inte få något tryck. Det rycker lite i benen på den biffige. Sedan rycker det inte alls.

SOMMAR

25 Getingen

Det är stora glipor i parkettgolvet. För varje dag glider de mer och mer isär. Som de hala spängerna vi vandrade över genom våtområdena. Är hon tillbaka där nu? Den våta mossen krispande av frost under hennes iskalla vandringskängor. Kanske ända ut på udden igen, till vraket vi lockade pojken och flickan med som utflyktsmål den gången, inte mer än tretton dagar efter att de öppnat upp den för besökare efter sjöfåglarnas långa häckningsperiod. Minns hur det blåste från väster.

Där ute på udden det stora fiskefartyget som navigerat fel i dimman och nattmörkret decennier tidigare och nu åts upp av havet en tugga i taget, år för år. Som om förlisningen fortfarande pågick. Havet stod lågt och blottade en svart linje av torkad tång i de vita rundslipade kalkstenarna. Styrhyttens spruckna golv synligt och flera meter bort vinschen som slitits loss när skrovet slog i den natten. Pojken och jag kastade sten på vraket, flagor av rost föll ned när vi träffade. Blandades med jorden som havet sköljt ur stenarna. Blandades med stjärndamm som fallit från den kolsvarta glimrande augustinatten.

Alla tecken jag inte kunde se med öppna ögon då framträder så tydligt nu när jag blundar. Tromben längst bort i horisonten vi såg växa sig större hela vägen från himlen ned i havet. Havsörnarna som cirklade ovanför oss, hungriga. Vi badade vid den långgrunda stranden. Intill oss paret som försökte lära sig surfa med drake. Kämpade mot vattnet i våtdräkter. Lärde sig ihop. Var amatörer tillsammans. Så blev det aldrig med mig och isdrottningen. Experter på olika saker, längst ut på varsin kant. Vi gick längre och längre ut i vattnet för att hitta ett djup som inte fanns där. Havsvattnet som nådde till knäna.

En smäll när den ena draken slog ned i vattnet precis bakom oss. Fåren betade längs stranden och vi aktade oss för att inte sätta fötterna i deras spillning på väg upp ur vattnet. Isdrottningen trampade på något vasst i gräset. En tagg i foten blev kvar. Kunde inte hjälpa henne dra ut den. När vi klätt på oss svängde tre stridsflygplan in lågt ovanför oss och de kala träden böjdes av fartvinden. Först planen och sedan ljuden bakom.

Tar fram lasermätaren jag skaffade när vi byggde gästhuset på landet. Letar efter vinklar som inte är räta. Letar efter något som kan förklara parkettgolvets glipor. De röda strålarna delar in rummet i mindre kuber. Skär genom min kropp som en kirurgisk kniv. När jag står där och mäter flyger en geting in genom balkongdörren. Brukade vara isdrottningens specialitet att döda dem. Hon var hundraprocentig. Tryckte till med en bit hushållspapper i handen och log nöjt när det krasade. Nu är det min uppgift. Följer efter den irrande getingen genom lägenheten. Den sätter sig på en skåplucka i köket men jag tvekar. Darrar på handen och getingen lyfter innan den hunnit möta sitt öde. Vidare ner i en tom marmeladburk som står på diskbänken för att sköljas ur och lämnas i glasinsamlingen. Lägger på locket från en kastrull och getingen är fånge nere i det söta. Vad gör jag nu? Låter den äta ihjäl sig? Kvävas? Fixar det inte och tar med mig burken ut på balkongen. Av med locket och getingen flyger ut. Några minuter senare är den inne i lägenheten igen. Kommer att behöva göra det här. En process att samla mig. Försöker se bödelns blick i spegeln men möts bara av äckel och mer tvekan. Nu har getingen hittat faten från frukosten och sitter där och utforskar pojkens smulor, eller om det är flickans. Håller i en ihoprullad tidning. Höjer den över mig. Ett snabbt slag så är det över. Ett snabbt slag så skulle det vara över. Getingen lyfter huvudet och ser mig i ögonen. Lägger huvudet på sned. Som om den visade mig medlidande. Som om den såg min ovilja. Flyger upp och hovrar framför mig. Sedan lämnar getingen lägenheten, flyger raka vägen ut genom balkongdörren och jag stänger efter den trots att jag vet att den inte kommer tillbaka igen. Trots att jag vet att den skonade mig.

24 Badkaret

Ångorna stiger från den heta ytan i badkaret. Lutar huvudet mot kanten och slappnar av. Fyllt till brädden och varje rörelse jag gör får det att svämma över ner på badrumsgolvet. Avrinning in under och ner i golvbrunnen. Med flit lite för varmt och kroppen drar ihop sig i mikrokramper. Tvingar musklerna till avslappning och stryker fukt ur ansiktet.

Så rister det till och ger efter. Ligger raklång och vattnet sköljer över mig ut över golvet. Badkaret utfläkt, en platta av uppriven emalj över de grå klinkerplattorna. Två hundra liter vatten som inte hinner ner i avloppet letar sig vidare över tröskeln och ut i hallen. Känner försiktigt längs vassa kanter i brusten emalj och huden på pekfingret går isär. Mörkrött blod droppar ner och sprider sig i vattnet på golvet. Stråk av plasma och hemoglobin förgrenar sig och tunnas ut. Erytrocyter, leukocyter, trombocyter. Sätter mig upp. Flickan ropar där utifrån. Ställer mig upp. Sveper imma från spegeln ovanför handfatet. Öppnar badrumsdörren och här utanför blött. Vattnet har hunnit leta sig ner mellan gliporna i parkettgolvet och jag bryr mig inte om att försöka torka upp. Står där och ser det sjunka undan.

Går ut på balkongen med handduken runt höften. Vattendroppar kvar på överkroppen som sakta börjar dunsta i solen och den lätt fläktande vinden som går i varv på innergården, fånge mellan husväggar och nedhållen av högtrycket. Drygt tusen hektopascal i en luftpelare härifrån och hela vägen upp till atmosfärens övre gräns.

Ljud från lägenheten under. Grannens balkongdörr öppen. Drar på mig mjuka shorts och träningslinnet. Tar trappan ner och ringer på ytterdörren. Han öppnar och har på sig sydväst, en pressveckad kilt och höga gummistövlar. Ingenting på överkroppen. I ena handen en kofot, i den andra en golvplanka. Kom in säger han glatt. Ser smutsen på hans mage, upp över sidan och längs med armen. Stiger in. Badvattnet från min lägenhet har redan tagit sig ner genom trossbotten och takputs och droppar ner på hans uppbrutna golv. I ena änden av hans vardagsrum travar av golvplank. Han har kommit halvvägs och ursäktar sig med att han måste fortsätta. Sätter kofoten under nästa planka och bänder loss den. Jag är lessen, börjar jag, men det blev en liten olycka. Han avbryter mig. Åh det är ingen fara, bara trevligt med sällskap. Här ligger vi steget före säger han. Vi? Vänder mig om. Vid köksbordet sitter hans fru. På ena halvan en trave böcker, på den andra en hög med utrivna sidor. Metodiskt monterar hon ut sida för sida ur en bok. Så ställer hon sig upp och öppnar fönstret och häver ut en av pappershögarna som seglar ut över torget utanför. Sätter sig ner och fortsätter koncentrerat med sin uppgift. En bokhylla är tom och i nästa saknas böcker i översta raden. Diskhon fylld med skärvor av porslin och glas, köksskåpet öppet. Två champagneglas kvar. Han ser att jag ser och hastar förbi mig. Drämmer kofoten rakt in i skåpet och glassplittret yr ut över diskbänken och ner på golvet. Hade visst missat dem, säger han.

Bestämmer mig för att lämna dem ifred och går ut i hallen. Han stoppar mig i dörröppningen. Tar tag i båda mina armar och spänner blicken i mig. Du tror säkert vi är galna va. Att vi har tappat det. Nej, jag alltså. Det är inget sådant. Vi har full kontroll. Vi har kommit på lösningen. Vi tar sönder det först. Innan. Så det inte finns något kvar när de kommer. Frågar inte vilka han menar. Han släpper mig och jag tar dubbla steg uppför trappan och är tillbaka hemma.

23 Borgmästaren

Det går så snabbt när baskrarna genomför sin kupp. Med bara ett par dagars varsel hålls ett val och de får in sin borgmästare i stadshuset. Kampanjen är kort och de etablerade partierna är oförberedda. Det enda de får ur sig är en gemensam högtravande metafor som handlar om moraliska kompasser. Den seglar högt över huvudet på väljarna. Redan på valnatten, innan alla röster är räknade, sätter sig baskrarnas förman i huvudstolen och de skanderar hans namn under jubel. Som en skara fotbollshuliganer som just fått se sin favoritspelare göra ett hattrick. Ute i parkernas gemenskap protesterar vi de följande dagarna. Inne i lägenheternas ensamhet undrar vi vem som röstade. Vi vågar inte fråga varandra. Vi vill inte veta. Regeringen gör ett fruktlöst försök att ogiltigförklara valet men baskrarna har förberett sig och deras jurister visar på luckan i konstitutionen. Den de smitit in genom som råttor. Lukten av rutten ost strömmar ut.

Borgmästarens första löfte är att inom tio dagar resa en mur runt hela staden och inte släppa in någon som inte fötts här. Nu bygger de den alltså, den osynliga muren jag skrev till dig om. Rekryterar vakter med vana av att skjuta med armborst. Han lovar oss att det ska rädda oss från sjukdomen. Att inga fler ska behöva bli smittade nu när ingen kan komma hit med mer virus från landsbygden. Hör honom säga det på radion i installationstalet, direktsändning. Ofattbart. Kan inte bara vara jag som lagt märke till att det inte kommit några rapporter om sjuka någon annanstans än här. Kan inte bara vara jag som tänkt att sjukdomen måste komma inifrån. Kan inte bara vara jag som tror att problemet snart kommer att vara att folk vill lämna staden. Att muren kommer att vara i vägen för oss som vill ta oss ut.

Hans andra löfte är att städa undan tiggarna. Skyltar med hans bild och slogan i folkhavet. Låt oss göra staden fantastisk igen.

22 Fyrtiofem sekunder

Väcker flickan. Smulor av puts på golvet bredvid hennes säng. En spricka bredvid fönstret där fasadens tegelstenar lyser igenom. Som blöder huset in i sig självt. Sätter pekfingret mot stenen och känner morgonkylan strömma in i det ännu sovvarma barnrummet. Medan flickan morgnar sig i soffan sopar jag upp på golvet.

Hämtar barnen så fort skoldagen är slut och tar med dem på badutflykt till sjön på andra sidan bron. Många här som försöker fly värmen. Sjön är mörk och jag fokuserar min blick på flickan som hoppar ner i det mörka från badbryggan. Tar trettio sekunder för ett litet barn att drunkna. Kanske fyrtiofem för henne. Med lite tur har jag femtio sekunder på mig. Hon flyter upp efter fem. Igen, säger hon när hon klättrar upp för badstegen. Jag vill hoppa igen. Där nere under det mörka finns berget, samma som blottläggs inne i staden under den gamla rondellen som monterats ned. Den unga kvinnan i baskern som sade att det skulle vara blod på sten innan det här är klart och jag undrar om det är klart nu. Om vi är säkra. Om vi kan andas ut. Om inte, ta vad som helst. Ta mina saker. Ta mina möbler. Ta mitt hem. Ta mitt jobb. Men rör inte mina barn. Flickan hoppar igen och jag räknar. Ett. Två. Tre. Fyra.

Alla sorters kroppar ryms i grässlänten ned mot badbryggan. Plötsligt är jag obekväm med att visa upp min egen. Det förr så tydligt markerade strecket mellan bröstmusklerna och ner över naveln har fyllts igen och syns bara som en diffus skugga nu. Saknar att kunna se mina muskelfibrer under tunn hud. Tittar längtansfullt på de unga männen på bryggan. För en stund får jag svårt att hålla isär känslan att vilja vara dem och att vilja ha dem. Igen tanken på min tunga mot hud. Andra män här, i andra åldrar. Bleka mjuka magar och tvättråden som sticker ut ur badshortsen. Kvinnor också men ingen så het som isdrottningen.

Minns när hon försvann på stranden den sommaren. Hon var den hetaste frun på stranden. Allas blickar var på henne i den svarta bikinin. Magrutorna. Bikinitrosorna in mellan skinkorna. Stod med vatten till knäna och böjde sig framåt, drog havsvatten över armarna och axlarna. Kallare på den här sidan där frånlandsvinden dragit ut det varmare ytvattnet. Kallare men klarare när vinden även tagit med sig de blommande algerna ut till havs. Andra dagar varmare och grumligare när det var pålandsvind. Maneter som följde med in då men inte den sorten som brändes. Annat att bränna sig på.

Den här dagen lekte vi långt ut, jag pojken och flickan, medan isdrottningen låg kvar på handduken på stranden och njöt av värmen och blickarna. Genom det klara vattnet syntes den sandiga bottnen som format sig efter vågorna. Mjukt räfflad under våra nakna fotsulor. Pojken som blivit orädd den här sommaren. Orädd för vågor som rullade skummande över honom. Orädd för blåleran som fanns under sanden. Orädd för de slemmiga maneterna, tog upp dem och kastade på mig. Manetkrig. Vi kom upp ur havet nedkylda, flickans händer vita och läpparna blå. Skakade. Såg våra färggranna strandväskor längre bort, vi hade drivit flera hundra meter västerut och gick tillbaka längs stranden. Försökte förklara för pojken hur vågorna kunde slå in mot land trots att det blåste utåt. Lyckades inte. Såg den blå väskan och den orangea men inte isdrottningens lila. Hennes saker i den lila väskan, hon ville inte dela med oss. Trodde hon skulle få ägg från springmask och löss i sin badhandduk. Bakterier och virus i de blöta badkläderna. Nu var både hon och väskan med hennes saker borta. Svepte in flickan i den rosarandiga badrocken. Pojken drog handduken om sig. Åt bullarna vi köpt på vägen medan vi värmde oss. Såg en katamaran glida in i viken. Cyklade tillbaka till stugan vi hyrt och där var hon, satt på altanen och solade i vindskyddet. Det blev för blåsigt, sade hon. Jag frös.

När vi kommer hem på kvällen har det fallit nya smulor från väggen. Låter dem ligga kvar medan jag värmer vatten för att göra nudelsoppa på spritköket i ljuset från fotogenlampan. Medan pojken och flickan äter tänker jag på hur huset lutade efter löprundan och balkongen som verkar vara på väg att släppa från sina fästen.

Vaknar på natten av att rummet vibrerar. Slutar när jag sätter ned fötterna på golvet men ersätts av ett krafsande på ytterdörren. Öppnar försiktigt och där sitter katten. Bara stirrar på mig. Jag går ned på knä. Smulor i morrhåren. Faller av på hallmattan när katten tar ett steg in och stryker sig mot mig. Försvinner ned för trappan sedan. Stänger ytterdörren. Sätter handen mot smulorna, de fastnar i min handsvett. Håller handen under lampan. Likadana smulor som låg på golvet bredvid flickans säng. Smulor av puts i kattens morrhår.

21 Fönstren

Vaknar av att det drar i sovrummet. Det tar en stund för mig att förstå det. Att jag är vaken. Att jag inte är kvar i en dröm där rummet saknar fönster. Sätter ned fötterna. Kallt golv under mina nakna fotsulor. Går fram till fönstret. Bara ett hål i väggen och vinden i mitt ansikte. Där nedanför en hög av splitter och fönsterramen i två delar. Brast den när den slog i marken eller delades den i två och föll ut därför? Och hur kunde jag inte vakna av smällen? Går ut i hallen. Vardagsrummet. Köket. Flickans rum och pojkens. Vår lägenhet saknar helt fönster nu. Som ett av de ofärdiga husen vi såg på semesterresan för två somrar sedan. Ett av många påbörjade byggprojekt där pengarna tagit slut. Ett skelett av betong utan inälvor och hud.

Plastrullen i klädkammaren kvar från badrumsrenoveringen. Täckplast. Silvertejp i skåpet i köket. Att de inte vaknar. Prasslar. Biter av silvertejp. Känner hur den bilden sparas, etsas fast i hjärnan på en specifik plats. Ettor och nollor på hårddisken. Sitter på knä i flickans rum och biter i silvertejp. Trådigt kvar på tungan. Spottar. Om hon kunde se mig nu. Om du kunde. Täcker för. Tejpar fast. Nästa rum. Nästa rum. Nästa rum. Nästa rum. Framför spegeln sedan. Står där länge och ser mig själv i ögonen. Vem är jag nu. Vem var jag då. Vem kom emellan?

20 Telefonen

Nästa natt. Vaknar av att min telefon ringer. Vinglar upp sömndrucken. Telefonen på golvet vid bokhyllan, legat på laddning hela natten. Skärmen mot golvet av ingen anledning. Inget kan dyka upp där som jag inte vill att någon ska råka se. Plockar upp den. Vänder. Blir stående med den ringande i handen. Hennes namn på skärmen. Isdrottningen. Signal efter signal. Gnuggar sömn ur ögonen. Gnuggar hennes namn från skärmen. Kvar där. Hon ringer till mig. Telefonsvararen borde gå igång men den fortsätter enträget ringa. Uppfordrande. Hör hennes röst i huvudet. Ska du inte svara. Ynkrygg. Vågar du inte. Vad vill hon? Ska hon fråga hur vi har det? Vi har det bra och lagar mat på spritkök. Vi klarar oss fint och har inga fönster. Vi är trygga här innanför muren. Tänk om hon frågar om jag saknar henne. Vad ska jag svara på det? Jag saknar dig. Jag har saknat dig länge. Jag saknade dig redan innan du försvann.

Så drar jag fingret över skärmen och lyfter luren till örat. Hallå. Säger jag.

På andra sidan en kvinnoröst. Men inte hennes. Det är den välbekanta förinspelade rösten. Abonnenten kan inte nås för tillfället men du kan lämna ett meddelande efter pipet. En kort paus. Pipet. Lägger på. Stående på exakt samma plats.

Barnen har inte vaknat av de tjugo signaler jag låtit gå fram. Där ute är dagen på gång. Solen som knappt varit nere lägger ett orange sken över taken. Telefonen kvar i handen. Knapplåset. Samtalslistan. Överst där hennes namn. Bredvid namnet luren som markerar att jag ringt upp. Att det är jag som slagit hennes nummer.

Sedan blir skärmen svart. Trycker på knappen för att väcka den men ingenting. Kopplar in telefonen i laddaren igen men ingenting. Drar ut den. Lägger ner den i en låda i byrån i hallen. Den blir kvar där.

19 Souvenirer

Efter att ha klarat av morgonen och fått pojken och flickan till skolan är det ingen som behöver mig. Ingen som tycker något om vad jag ska lägga min tid på. Går en omväg hem. Går längs en tom kanal. Den gamla lyftkranen står nedsläckt och stilla igen. Som om den försökte spela oskyldig. Spår av bandvagnen över cykelbanan, gatstenar som pressats ned under dess tyngd. Tänker på den okände mannen som ställde sig framför pansarvagnen under studentprotesterna på andra sidan jorden. Hur blir det nästa gång? Kommer de tillbaka hit? Önskar att jag vore den som ställde mig framför dem då men vet att jag inte har det i mig. Kan inte sträcka på mig tillräckligt. Det är något där mellan ryggkotorna. Något krokigt. Ynkryggen som inte vill rätas ut helt.

Andra här också, lika planlösa som jag. Speglar mig i deras lugna svepande ögon, som mina. Deras långsamma steg. Att gå utan mål. Att gå med allt bakom sig. Bara väntar nu men vet inte på vad. Väntar på kometen med eldsvansen. Dånet när den tränger igenom atmosfären och slår upp en krater i jordytan. Väntar på vulkanens utbrott. Tystnaden när molnet av aska sprider sig och sväljer alla ekon.

Slänger mig i soffan. Bara promenerat ett par kilometer men är utmattad. Låter den ta mig, tröttheten. Glider in i okontrollerad sömn. Hur hon avskydde det, när jag lät den ta mig så här skyddslös. En styggelse. Att sova som ett barn. Nu det ljuva ögonblicket när elektriciteten stannar. Synapsernas strömavbrott och hjärnan som lägger av. Faller in i det. Faller utan att landa. Faller genom bomull, sockervadd och sommarvarm nysnö.

Rycks upp flera timmar senare när en stor väggplatta ramlar ner i badrummet. Tusen gråspräckliga bitar täcker golvet. Sömndrucken tänker jag att det är tunnelbanebygget, vibrationerna när de spränger i berget, men det stoppades ju innan de ens hann börja provspränga. Något annat som gjort detta. Berget som ruskat på sig i protest. Som försöker skaka oss av sig. Lägger handen mot murbruket där bakom och känner hur det darrar.

När jag städat upp går jag igenom de vita kartongerna igen. Allt jag sparade. Souvenirer. Undrar om de märkte något? Om det gick en tid innan de saknade sakerna jag tog med mig när jag försvann ut varje gång. Om de hittade det jag lämnade kvar. Stängde dörren försiktigt så att de inte skulle vakna. Så att jag hann få ett försprång ut i den mörka natten. Två år av minnen. Två år innan jag träffade isdrottningen. Kan inte behålla det här längre. För hög risk nu när jag inte kan ha kartongerna i källaren längre. Bär ner dem i grovsoprummet och ställer dem i sopkärlet för brännbart avfall. Hoppas att de ska brinna ordentligt. Rycker till när jag kommer ut, katten sitter precis utanför och betraktar mig. Tittar anklagande på mig men följer inte efter när jag går tillbaka till porten. Följer mig med blicken men sitter kvar. Som en spårhund som markerar fynd.

Med mer plats i vardagsrummet leker vi picnic när de är hemma efter skoldagen. Lägger ut filten och ställer fram korgen. Har fyllt den med mackor, frukt och kex. En saftflaska, glas och sugrör. De tittar på mig som om jag tappat förståndet. Dricka saft i vardagsrummet, på mattan. Tänk om vi spiller, säger de. De gör inget, säger jag. Det är bara en matta. Det är bara en sak. Runt omkring oss står de flyttkartonger som är kvar. Bokhyllorna, den tomma tevebänken, tavlorna. Ingenting av det här kommer vi att kunna ta med oss när vi dör. Sakerna ska bli kvar när vi lämnar, men det finns ett ögonblick precis innan. Där när vi tar det sista andetaget. Det finns något vi kan ta med oss dit. Som den här stunden. Den här picnicen i vardagsrummet. Flickan som fnissar och pojken som tar en rejäl tugga i mackan jag gjort med hans favoritpålägg. Den stunden tar jag med mig ända till slutet. Resten är för alltid rost, jord och stjärndamm.

Väcks tidigt morgonen efter när sopbilen rullar in på torget. Slamret när de rullar ut de överfulla sopkärlen av plast. En iskall droppe svett längs min ryggrad när jag inser att det står mitt namn på kartongerna jag lämnat där nere. Hur kunde jag missa det? Varför kommer jag på det först nu? Bilder av en trång cell blixtrar förbi. Hur många år skulle jag få? Vad är preskriptionstiden? En av sophämtarna har ett stort rött skägg. Han bär kilt. Vad ser han nu? Hur vaksam är han så här tidigt på morgonen? Nu sätter de sopkärlet i sopbilens lyftanordning. Upp i luften åker det och han trycker på en annan knapp som får det att tippa in i bilen. Skakar för att få ut det sista. Nere på marken igen, slamrar mer nu när det är tomt. Plastigt ljud. Den andre kör in det igen i grovsoprummet. Nu ska han trycka på en annan knapp, den skäggige, den som får allt att pressas in i bilens inre. Komprimeras till oigenkännlighet. Han har tummen på knappen, den röda. Han trycker inte. En av de vita kartongerna har öppnats och innehållet blottats. Nu ser han det. Nu ser han den. Tar upp den. Den värsta. Håller den framför sig. Visar kollegan. Sjöblöt på ryggen nu, svetten rinner ner över kalsonglinningen. Vem ska ta hand om pojken och flickan? En hylla ovanför sängen i cellen där jag kan ha mina böcker. Vem ska ta med barnen dit under besökstiden? Kommer jag att få krama dem? De skrattar där nere nu, sophämtarna. Vänder och vrider på den. Som om de inte kan tro att det är sant. Och nu trycker han på den röda knappen. Den stora metallskrapan går igång och trycker in allt annat. Trycker in de vita kartongerna med mitt namn på. Tar bara ett par sekunder men känns ogreppbart långsamt. Så är de borta.

Spåren. Cellen. Hyllan. Ljudet av fångvaktarens nyckelknippa som rasslar. Ekot försvinner bort i den långa korridoren. Rader av celler men jag är inte där. Mitt namn på kartonger som krossas och bränns. Den värsta tar de med sig in i kupén, lägger den till samlingen av kuriosa fynd. Ett rullande kabinett av namnlösa onämnbara ting. Kollegan gör något innan han kliver in i bilen. Böjer sig ner. Stryker katten över ryggen.

Katten som suttit där och sett allt.

18 Trappan

Famlar sömndrucket efter telefonen när jag sätter mig upp ur sängen. Reflexen är fortfarande där. Att planlöst gå igenom notiser och klicka på vulgärt satta rubriker. Handen som trevar men telefonen är inte där. Ligger trasig i lådan i hallbyrån. Går på toaletten. När jag spolar bubblar det oroväckande nere i toalettskålen.

Öppnar till barnen, först pojken. Han drar täcket över huvudet. Flickan sträcker ut sig, armarna ut över sänggaveln i huvudänden och tårna som spretar i luften. Sängen som varit för liten ett bra tag nu. Hur det tar emot att byta ut barnsängen mot en fullstor. Att lämna den fasen bakom mig. Ingen väg tillbaka.

För varmt nu för att kunna ha kylvaror hemma. Hyvlar gurka på frukostmackorna istället för smör för att de inte ska tycka att de är för torra. Äter en själv, pinjemunnen börjar ge efter och smaken kommer sakta tillbaka. Fortfarande så märkbart tyst när vi inte kan ha morgonteven på. När de ätit färdigt leker de balansgång på de glipande parkettgolvsbrädorna. Låtsas att det är en avgrund däremellan. Att trollet från slutet av bäcken i skogen står där nere och slukar den som faller ned. Byter ut vattnet i survivalistförrådet. Inser att jag behöver fylla på annat också.

Borstar tänderna. Börjar se märkligt ut där inne bakom luckan i tvättmaskinen. Växer. Ännu ingen lukt. Badkaret ligger fortfarande utfläkt, kan inte bära bort det själv. Vet inte vem jag skulle be om hjälp och även om jag visste skulle jag inte vilja sätta mig i den situationen. Att bli skyldig en gentjänst. Eller bara att släppa in någon annan här.

När vi kommer ut i trapphuset har trappan rasat. Ett gapande hål i betongen och armeringsjärnen utstickande som blottade benpipor. Pojken vinglar till och jag får precis tag i hans luvtröja och drar honom tillbaka. Så fort de vant sig. Så snabbt de sakligt konstaterar att nu är det så här. Nu har vi ingen trappa. Tror du hissen fungerar pappa, frågar flickan och trycker på knappen. Det gnisslar till och genom fönstret i hissdörren ser jag vajrarna röra på sig i hisschaktet. Känns inte helt bekvämt när dörren går igen och vi sänks ner mot bottenvåningen. Kommer inte fixa att lämna dem ifrån mig idag, blir en sen sjukanmälan till skolan. Till barnen säger jag att jag glömt att skolan är stängd idag. Vi går till skogsgläntan och hjälps åt att samla ihop de stadigaste grenarna. Hemma tar jag fram repet från midsomrarnas dragkamper. Knyter runt änden på en av grenarna. Nästa. Nästa. Nästa. Kapar repet. Knyter runt de andra ändarna. Drar undan plasten jag tejpat för och testar att hålla ut den genom fönsteröppningen. Når nästan hela vägen ner till marken. Tillräckligt långt. Binder fast repstegen i elementet nedanför fönstret i vardagsrummet. Ligger ihoprullad på golvet här nu. Vår egen väg ut om alla andra skulle fallera.

Lyssnar på de sena nyheterna på radion när pojken och flickan somnat. Den nya talmannen deklarerar att ursprungsbefolkningen här i landet, som brukat jorden sedan tiotals generationer, inte längre klassas som riktiga medborgare. Som om det var något som bestämdes i stadshuset. Som om riksfrågorna skulle avgöras där. Nu ska fler fjällkåtor brännas. Allt ska bort.

Tittar till flickan som sover djupt. Ligger ihopkurad i fosterställning. Gott om plats kvar i den lilla sängen.

17 Läsfel

Så tyst i lägenheten mitt på dagen med barnen i skolan. Det är den sortens tystnad som ringer i öronen. Testar att tryckutjämna men det blir bara ett lock på det ringande. Som en sågklinga tätt intill örat. Genom ringandet ljudet av en lastbil. Tagit ner plasten från köksfönstret och vardagsrumsfönstret för att få korsdrag genom den kvalmiga lägenheten. Genom hålet i väggen ser jag grossistens lastbil. Skyndar mig ner till affären, kanske får de in konserver nu med dagens leverans. Känner mig inte alls tillfreds med mängden mat i vårt survivalistförråd. Skulle inte räcka många dagar. Funderar en sekund på om jag ska testa repstegen men vill inte visa grannarna. Mitt trumfkort. Tar hissen men är allt annat än bekväm med det. Skakar mer nu. Vajrarna protesterar. Gnisslar och skaver.

Tunnelseende in i affären, förbi grönsakerna, gången med gryner, diskmedel, tvättmedel och så konservhyllan. Rycker åt mig minimajs, kidneybönor, tonfisk, oliver och haricots verts och så hör jag rösten genom skramlet av burkar i min kundvagn. Hallå, säger hon och jag tittar upp och där står blomdrottningen. Finmiddag på gång, skojar hon och pekar på burkarna. Nej jag, alltså, fyller på förrådet, svarar jag som en idiot. Nu när de har fått in de här, fortsätter jag som om det skulle göra saken bättre. Ja, det är ju bra, säger hon. Så kommer jag mig för att ställa frågan till sist. Om hon bor här i området. Och det gör hon ju, varför skulle hon annars handla här. Där borta, säger hon och pekar. På andra sidan om träden. Hur är det med ert hus, frågar jag och hon tittar på mig märkligt. Ja alltså, hur mår det. Jo men det mår fint, säger hon och ler mot mig och jag kan inte riktigt avgöra om hon ler överseende eller charmad. Hissen har slutat gå men det fungerar ju att ta trappan. Aha, säger jag, hos oss är det precis tvärtom. Nej jag ska väl, säger hon och jag svarar att jag också, vi ses och hon säger att det gör vi säkert.

Lägger upp burkarna på bandet i kassan och sätter i mitt betalkort i kortläsaren. Läsfel, står det på skärmen. Den unge killen i kassan ber mig att testa igen men det blir samma resultat. Kortet fungerar inte. Du får gå till banken med det, säger han medan jag gräver i fickan efter kontanter. Det räcker precis.

Lämnar burkarna hemma och promenerar ett par kvarter bort till bankkontoret. Fullt med folk här inne. Tar en nummerlapp. Orkar inte räkna ut hur många jag har före mig i kön. Tar en broschyr om någon avancerad lösning för fondsparande. Läser orden men får inte ihop meningarna. Läser om. Läser och låter tiden gå. När det äntligen blir min tur säger tjejen bakom disken att kortet inte fungerar. Precis säger jag, det är därför jag är här. Kortet har slutat att fungera. Nej, rättar hon mig, kortet fungerar inte. Jag kan inte se någonting här på min dator som säger att det har slutat att fungera. Det enda jag kan se är att det inte fungerar nu. Det fungerade igår, säger jag. Det kan jag tyvärr inte se här, säger hon. Men det fungerar inte nu. Ok, säger jag, det spelar kanske inte så stor roll. Jag skulle vilja ha ett nytt kort som fungerar. Det kan jag tyvärr inte hjälpa dig med eftersom du redan har ett kort. Det är max ett kort per kund sedan förra veckan, säger hon och tittar mig rakt in i ögonen utan att möta min blick. Hon ser rakt genom mina ögonglober, genom min hjärna, ut genom mitt skallben och över till andra sidan gatan. En nagelsalong där. Hon fladdrar till med ögonlocken och säger att hon måste avsluta nu, hon går av sitt pass om tio minuter och har en tid att passa. Manikyr, säger hon. En skönhetsbehandling för händerna, lägger hon till och jag säger att jo jag vet. Det jag skulle kunna hjälpa dig med, fortsätter hon, är att ge dig alla pengar du har på kontot i kontanter. Tar ett djupt andetag, inser att hon menar allvar och svarar visst, kör på.

Ute på gatan sedan bultar bunten med tusenlappar i min ficka och jag vänder mig ängsligt om. En man med stripigt, fett bakåtkammat hår kommer cyklande på gatan bakom mig. Han har en kasse på styret med två stora läskflaskor i. Solkig beige skjorta och träskor, har han en pistol i byxlinningen som han ska rikta mot mig? Cyklar förbi. Tvärs över gatan på den andra trottoaren en kvinna i blommig sommarklänning, har hon en kniv därunder som hon ska trycka upp mig mot husfasaden med? Passerar henne. Skyndar på stegen. Handen utanpå fickan. Alla pengar jag äger där inne. Alla pengar jag kan använda för att skaffa oss det vi behöver. Småspringer över torget sista biten hem.

Lägger upp bunten med sedlar på köksbordet men tänker inte på att jag ordnat korsdrag. Sedlar överallt. Får snabbt igen plasten för fönsteröppningen. Allt blir stilla igen och sedlarna singlar till golvet som snöflingor. Samlar ihop dem och lägger dem i en låda i byrån i hallen.

Bordet. Det satans bordet. Allt började med det. Nu tar jag fram släggan som stått på balkongen sedan bygget på landet. Väger den i handen. Höjer den över huvudet och drar till. En rejäl spricka i den massiva träskivan. Klyvs av det andra slaget. Pojken och flickan är snälla när vi kommer hem sedan efter skolan, säger ingenting om det. Låtsas som att högen med träspillror alltid legat där. Det är vad jag tänker först. Sedan tänker jag att de nog inte behöver låtsas.

Promenerar planlöst in till city. Ser blåljus från långt håll. Tar mig närmare. Avspärrningar. Frågar polisen som står där innanför varför de spärrat av men får inget svar. Hon lägger bara handen på sitt vapen och tar inte bort den förrän jag går vidare längs med staketet. Runt hörnet ser jag kungens teater med guldstatyerna och den av brons. Blanksliten där förbipasserande lagt sin hand mot metallen.

Nu rullar de fram kranbilar. Längst upp dinglar rivningskulor. Synkroniserat svingar de från flera håll, krossar den grå fasaden. I över tvåhundra år har den stått där, teatern. Nu svingar de igen. Damm och smulor som yr. Skulpturerna som stått längst upp rasar ner till marken. Över tusen föreställningar per år. Kranbilarna svingar igen. Och igen. Och igen.

Glad att du slipper se det här. Hur de demolerar teatern vi skyndade oss till efter sista föreläsningen de gånger vi fått tag i billiga studentbiljetter. Sammet och lukten av damm. Alla de stora uppsättningarna vi såg uppifrån balkongen.

Precis bredvid mig en reporter med filmkamera, gör ett inslag till kvällsnyheterna. Ställer mig så att jag hör när han intervjuar teaterdirektören. Det är en ren försiktighetsåtgärd, säger han till reportern, vi var oroliga för att den skulle börja förfalla. Vi vill ju inte att de här gamla fina byggnaderna ska gå sönder okontrollerat. Alla föremål med kulturhistoriskt värde kommer att behandlas med största respekt och bevaras. Jag vill rikta ett stort personligt tack till polisen som hjälper oss med detta och alla byggfirmor som kommit hit idag med kranbilar och släggor. Det här är ett fint exempel på vad vi kan åstadkomma när vi hjälps åt, och hur kraftfull vår nye borgmästares organisation redan är, avslutar han. Han ser rakt in i kameran med sin allra ärligaste blick men från min plats ser jag svetten som rinner i hans nacke. Utanför bilden knyter han näven så hårt bakom ryggen att knogarna vitnar.

Vänder hemåt, har sett nog nu. Från andra sidan inloppet ser jag hela staden breda ut sig. Ser rakt över till teatern. Ser hur de tippar guldstatyerna över kajen där de tippade grå snö i vintras. Flyter en stund men sjunker snart. Över hela staden reser sig lyftkranar, är de högre nu eller är det hustaken som är lägre? Eller kanske både och. Kanske sjunker staden för varje dag. Kanske sköljer havet från öst över alltihop tids nog.

15 Frysen

Skolans administratör ringer och ber mig hämta barnen. Frågar varför men får inget svar. Det är ingen fara med dem men du får hämta dem nu, säger hon bara. Får inga svar någonstans. På väg till skolan hör jag ljud som av lågt flygande stridsflygplan men ser ingenting när jag tittar upp mot den molnfria himlen.

Både flickans och pojkens lärare har gått hem efter lunch berättar de. De bara slutade svara på frågor från oss och sedan tog de sina saker och gick, säger de. Min var alldeles svettig, säger flickan. Det droppade. Var de sjuka, frågar jag. Mådde inte bra, säger flickan. Kommer vi att bli sjuka nu också? Ringer till skolan när vi kommit hem, administratören svarar men kan inte säga något om vad som hänt. Som om det är det som är den egentliga sjukdomen. Att folk har tappat förmågan att svara.

Vi sitter på golvet och äter middag igen men leker inte picnic den här gången. Har inget bord att sitta vid. Röjt undan spillrorna från matplatsen, vi sitter lutade mot väggen på rad. Äter det jag kunnat laga till ur kåsor. Rinner från frysen, rumstemperatur där inne. En rännil av tinad frost på golvet. Suger in i parketten och rinner ner mellan gliporna. Mörka fläckar i det ljusa träet. All energi vi lade på att välja ut golvet. Isdrottningen som ändrade sig sedan i sista stund. Inte för att få ett finare golv. För att det skulle vara hon som valt. För att min åsikt inte skulle ha fått spela någon roll. Nu spelar ingenting någon roll längre. Hälften av det som legat infruset har jag slängt i sopnedkastet. Andra hälften ligger på diskbänken. Kanske kan jag göra något av det. Älgsteken hennes pappa gav oss efter jakten. Hjortronsylten hennes mamma kokade på bären vi plockat.

Det här hade inte hänt om snödrottningen var här, säger flickan och det svider till. För inte har jag kallat deras mamma det så att de har hört? Hur menar du, frågar jag. Snödrottningen hade frusit ned allting igen med sin ismagi, så här, säger flickan och ställer sig upp. Vevar i luften och nu känner jag igen rörelserna. Snödrottningen från den tecknade filmen hon sett minst tjugo gånger. Snö, inte is. En annan drottning. Ja visst hade hon, säger jag, synd att hon inte är här nu. Mmm, säger flickan. Synd.

På kvällen i sängen säger flickan att hon saknar snödrottningen jättemycket och jag svarar att vi ska fixa en ny teve så att hon kan se filmen igen men när jag går ut därifrån är jag fortfarande inte helt säker på vem hon menar. Vilken drottning det är hon egentligen saknar.

14 En ko på motorvägen

Håller pojken och flickan hemma. Hettan ger inte med sig. Parkerna fylls med vältränade unga människor. Fler och fler dårar på stan med skyltar på magen och heliga skrifter i händerna. Utfärdar domedagsprofetior. På kvällsnyheterna pratar politiker i exil om den globala uppvärmningen.

Skogsbränderna sprider sig. Hela byar som hotas och flygplan från andra länder på väg för att vattenbomba. Karavaner av främmande brandbilar genom landet. En gård där tjugo kor brunnit inne. Några som flytt ut och rakt in i elden. Tar med mig barnen till biblioteket. Använder datorn där för att läsa om bränderna. Längst ner under artikeln en video. Klickar. En av de förrymda korna som tagit sig upp på motorvägen springer mot trafiken. Den brinner. Kon brinner. Det är en brinnande ko som springer mot trafiken. Bilderna vill inte in. Spelar upp dem igen. En polis som barrikaderat sig bakom sin bil stödjer geväret på den heta motorhuven. Kon har tjugo meter kvar när polisen sätter en välplacerad kula i strupen på den. Död innan den slår i marken. Får ligga kvar och brinna, ingen där som försöker släcka.

Borde inte låtit pojken se. Han säger att det är fejk. Du kan inte tro på allt du ser på nätet pappa, säger han. Hans första instinkt. Min första instinkt. Inte samma. Hemma igen tänker jag att jag måste testa. Skriver ihop en text om en liten pojke som dött av röken från branden. Om hur han hittats i utkanten av ett eldhärjat område med ansiktet ned i askan. Hans shorts svedda i kanten. Som om han låg och sov i skogsbrynet, sotig i ansiktet. Tar mig tio minuter att skriva. Hittat på alltihop.

13 Skogstjärnar

Lämnar pojken och flickan i skolan nu när administrationen har hittat en tillfällig lösning. Hade gärna fortsatt ha dem hemma men de vill träffa sina kompisar. På väg till biblioteket korsar en svart katt gatan men jag spottar inte över axeln. Låter det som ska hända komma emot mig. Här inne är datorn ledig. Letar upp en bild på en pojke med smuts i ansiktet. Använder bildredigeringsprogrammet på datorn för att klippa in honom i en bild på en nedbrunnen skog. Letar upp adressen för nyhetstips och skickar in bilden tillsammans med min påhittade text. Kollar tågtider också. Stationen ett par hundra meter härifrån. Tar genvägen under en stege som står lutad mot väggen på perrongen och hinner precis.

På andra sidan gången i tågvagnen en ung kille som sitter och tecknar med blyerts. Tunn under den vida t-shirten. Det blonda håret tuperat, som en buske på huvudet. Kan inte vara mer än sjutton år men när våra blickar möts finns det något mycket äldre i hans ögon. Ena underarmen tatuerad, ett kalt träd. Korpar i trädets svarta grenar. Fler och fler korpar som landar för varje pennstreck han drar på pappret. Trädet som växer och förgrenar sig. När vi rullar in mot stationen öppnar han en läskburk och ljudet när kolsyran pyser ut blandas med korparnas hesa kraxande.

Tio minuters promenad från stationen till platsen där kon brann på motorvägen. Gles trafik här mitt på dagen. Klättrar över räcket och står mitt i körbanan. Letar efter något märke. Borde vara sotigt där kon låg och brann men hittar ingenting. Finns inget spår.

Hinner in på biblioteket här innan tåget går tillbaka hem. Artikeln om pojken som dött i skogsbranden ligger redan ute. Längst upp som förstanyhet. Min bild där. Ser nu att jag slarvat, skarven där jag klippt syns tydligt.

Inne på tågtoaletten. Vill inte sätta mig ner på den smutsiga ringen. Vingligt stå upp. I en kurva tappar jag balansen och tar emot mig med armbågen mot spegeln. Inga skärvor men ett nät av fina sprickor som breder ut sig. Flera hundra bilder av mitt ansikte i den krossade ytan. Flera hundra versioner av mig själv.

Nu är muren uppe och innan vi får kliva av tåget vandrar poliser genom vagnarna och kontrollerar våra legitimationer. Slår i sina register. Får träff. Välkommen hem säger de till mig. Bakom mig släpar de av en kvinna. På henne fick de ingen träff.

Finns inget bord att lägga nycklarna på hemma längre så jag släpper dem på diskbänken. Slår på radion. Skogsbränderna fortsätter att sprida sig. Hoppar mellan topparna i den kraftiga vinden. För varje sekund tretton meter ny eld. Tar sig över begränsningslinjer. Borgmästaren gör ett uttalande. Vi hjälper er gärna på plats, men avråder från resor hit till staden, säger han. Vi gör kontroller vid muren och utan folkbokföringsbevis släpps ingen in.

Vattenbombningen från flygplanen fortsätter. Hämtar vatten i uppvärmda skogstjärnar. Får med sig annat ur djupen i sina gigantiska tråg. De tysta skriken när de släpps ned över elden.

12 Glasögonen

En representant från fastighetsbolaget ringer på dörren. Lämnar över en tjock hög med papper. Nya boendeavtal, säger han. Boendeavtal, frågar jag. Avtal som reglerar ditt boende här i föreningen, läs igenom och skriv på. Har inte behövts några avtal tidigare, säger jag. Det här är ju en bostadsrätt. Det är det fortfarande säger han, bara nya avtal. Vi kommer runt och hämtar in dem om ett par dagar. Vad händer om jag inte skrivit på, frågar jag. Det är helt ditt val, säger han. Skriv på eller flytta, mig kvittar det. Vad står det i avtalet, vad är det jag ska skriva på? Läs igenom själv, säger han det är inte mitt jobb. Han öppnar hissdörren. Vänta, försöker jag, vad har ni för plan sedan för huset? Vi har ingen plan, säger han och ser frågande ut. Ja men ska ni fixa det, undrar jag. Ska ni laga trappan? Nej, vi ska ju inte det. Det finns ju hiss. Vore slöseri att fixa trappan då, tycker du inte? Avgiften kommer att dubbleras redan som det är.

Sätter mig i soffan med avtalet. Bläddrar till första sidan. Minimal text. Får bli läsglasögonen. Hatar dem. Gör mig gammal. Ögonläkaren som sade att jag borde skaffa mig ett par. Undvik att anstränga ögonen nu, efter en sådan här skada kan det ge permanent synnedsättning att stressa ciliarmusklerna som styr ögats ackommodation. Fick söka på det på nätet sedan, låtsades förstå där i undersökningsrummet för att få komma därifrån så fort som möjligt. Skjortan sjöblöt. Den fräna stanken av ångest som läckte ur kroppens samtliga porer. Hade gått veckor med en infekterad rispa i hornhinnan. Pojken som råkade få in nageln när vi brottades. Isdrottningen som till slut tvingade iväg mig till ögonmottagningen. Ångestsvetten som rann bara jag såg skylten ovanför ingången. Knäna svaga när jag reste mig från stolen i väntrummet. Stegen förbi det stora akvariet och genom korridoren till rummet längst bort. De stora bokstäverna på tavlan på väggen. De små längre ner. Vit om läpparna. Vill du ha ett glas vatten, frågade ögonläkaren och det var det sista jag hörde innan jag slog i golvet.

Du sade att det var en fobi. Att det skulle kunna gå att träna bort den. Kognitiv beteendeterapi sade du och erbjöd dig att följa med. Jag vägrade. Det skulle inte fungera. Vet nu varför. Har kommit på vad det är. Det är inte som med ormar, spindlar, duvor eller höjder. Det är något annat. En ovilja att förlika mig med att min existens är beroende av den här kroppen. Att jag bara finns till för att mitt hjärta slår. Att allt kan gå förlorat på en sekund. Ett revben som knäcks och punkterar en lunga. En trumhinna som brister. Ledband som slits av. En inflammerad blindtarm som exploderar och fyller buken med var. Att allting beror på det. Att min existens är fysisk. Att jag inte är ett väsen. Det är den oviljan som får svetten att bryta fram och blodet att lämna hjärnan. Förstår du skillnaden?

Tar ut läsglasögonen ur sitt fodral. Den vänstra skalmen lossnar och den lilla skruven som höll den på plats studsar iväg och ner i en springa i parkettgolvet. Ser den där nere men får inte ner mina fingrar. Får inget grepp med pincetten.

Behövde ändå komma ut idag.

På väg till optikern mitt på dagen passerar jag nedsläckta butiker med träskivor för fönstren. Allt har slagit igen. Skyltarna ovanför butikerna hänger löst i sina fästen. Det är som om en tornado har dragit fram och alla har flytt i panik. Tappar orienteringen i det. Svänger vänster. Höger. Går två kvarter för långt. Vänder tillbaka. Fler här som irrar omkring, någon likt jag med ett par trasiga glasögon i handen, någon annan bär på en teve med sprucken skärm, en tredje har famnen full av skor som saknar klack. Vi är alla på en naiv jakt efter någon som kan laga oss trots att vi vet att det är för sent. Alla som en gång kunde ha hjälpt oss har lämnat sina platser och deras lokaler ekar nu tomma. Optikern är inget undantag.

Gatorna är tomma på bilar. Blundar för vinden som virvlar upp skräp och grus. Den starka reflexen för att skydda mina ögon. För att inte skada dem igen. När jag blundar ser jag vinden ta med sig en boll av trassliga kvistar genom korsningen. Studsar över refugen och vidare längs med cykelbanan. Fastnar mot staketet till en uteservering en kort stund. Rullar vidare och försvinner när jag öppnar ögonen igen.

På väg hem går jag förbi kullen där vi åkte snowracer i vintras. Upp till kyrkan. Härifrån utsikten över hela stadsdelen. En skymt av city på andra sidan vattnet. De grå molnen hänger lågt och slätar ut alla kontraster. Gör det konstruerade landskapet platt och greppbart. Det kala trädet här bredvid. Korparna där uppe. Landar fler och fler. Kraxandet får mig att rysa. Låter som naglar mot glas, tänker jag men är inte helt rätt. Skyndar mig vidare hemåt. När jag kommit tio, kanske tjugo meter vänder jag mig om. Fler grenar i trädet nu. Kraxandet högre och nu vet jag. Inte naglar mot glas. Ljudet ett annat. Ljudet av blyertspenna mot papper.

Hemma ligger avtalet kvar i soffan. Sätter mig där. Håller de trasiga glasögonen på plats med ena handen och tar upp det. Ser utan problem vad det står. Läser första stycket. Lägger ifrån mig avtalet. Lägger ifrån mig glasögonen. Viker ihop dem i handen. Klämmer till. Känner den andra skalmen lossna och linserna släppa ur sina fästen. Gnisslet av plast som böjs. Snart dags att hämta barnen från skolan. Avtalet är över etthundra sidor långt. Går att vika över etthundra pappersflygplan av det. Snart dags att ta reda på hur långt det går att kasta dem från köksfönstret ut över torget.

11 Glasobelisken

Någonting fortsätter att dra mig in till stadskärnan igen mitt på dagen. Nyfikenhet men också något mer. Ansvarskänsla. Mitt jobb nu att observera. Att vara ditt vittne. Dina ögon när du inte är här. Min uppgift att berätta för dig att de ger sig på glasobelisken i rondellen nu, med kungens teater jämnad med marken. Tre kranbilar och nästan fyrtio meter upp i korgen män i gula västar som knackar ner glasprismorna en efter en. Med hammare och stämjärn slår de glaset ur stommen av stål. Suttit där i över fyrtio år. Nu slår prismorna ner i fontänen nedanför. Mitt i vattnet fler män i västar och när jag kommer närmare ser jag att de står med bilningsmaskiner. I höga gummistövlar står de och tar upp hål i botten och vattnet vibrerar runt dem. Höga ringar som sprider sig utåt och får vattnet att skvalpa över betongkanterna och rinna ut i körbanan.

Minns förra sommaren när man fortfarande kom så nära att man kände vattenstänk från fontänen om vinden låg på från rätt håll.

Ljudet från bilningsmaskinerna högre nu. Mejslar som slår tusen slag varje minut. Hackar hål i betongen. Perforerar fontänens botten. Där under shoppinggallerian. Ljus in genom de runda undervattensfönstren. Tunna strålar av vatten genom taket. Fortfarande tid att reagera. Tid att ta sig upp med rulltrapporna. Tid att fly flodvågen. Tid som rinner ut när männen med västarna tar upp fler hål. Bärigheten som sjunker under den beräknade miniminivån. En spricka tvärs över som en linje mellan hålen. Som i flickans pysselbok. Prick till prick. Bottnen spricker upp och vattnet forsar ner. Sköljer ut i gången mellan butikerna. Männen med västarna säkrade med linor i fundamentet, dras upp till kanten av sina kollegor, kravlar sig över och bort från hålet. Jag går fram och kikar ner. Betongstycken och nedknackade glasprismor som följt med vattnet och träffat lunchshoppande tjänstemän ovanifrån. Någon ligger ned och det är ett stråk av blod i vattnet. En större bit betong har träffat i huvudet och andra blöta kryper dit för att konstatera att det inte finns något att göra. Gråt och skrik ekar upp och jag ser benpipor sticka ut genom trasig hud.

En hand på min axel. Han har solglasögon med spegelglas och jag ser mig själv där i mitten samtidigt som glasprismor fortsätter att falla bakom mig. Solen blänker till i dem, hastigt försvinnande solkatter som träffar fasader intill. Ingenting här att se, avlägsna dig eller bli gripen för förhindrande av nedmontering säger han. Baskern långt fram i pannan. Minns den fetlagde med bockskägget på kajen. Automatvapnen som riktades mot mig. Avlägsnar mig.

Ett kvarter därifrån springer jag på ekonomichefen. Den jäveln som förrådde mig. Som gick direkt till säljchefen och snackade om det där med de fejkade hjulbenen. Vi skakar hand. Frågar hur läget är. Säger att det är länge sedan vi sågs. Att det är kul att ses. Du borde komma förbi någon dag, säger han. Det är ett sådant jäkla bra bolag. Han säger bolag istället för företag. Blev ett rejält lyft med nya namnen på mötesrummen, trist att du knappt hann få uppleva det, fortsätter han. De håller på att ta bort glasobelisken, avbryter jag honom. De har ihjäl folk. Jo, jag såg det, säger han. Det är ju bra att de fortsätter, att de tar hand om det innan det förfaller. Känns som att det kommer att bli bra nu med nye borgmästaren, eller hur? Innan jag hinner svara upptäcker han att han måste tillbaka. Men du, säger han, hoppas att det ordnar sig för dig. Ger mig en klapp på axeln och är borta.

Så det här är mitt vittnesmål till dig. Att glasobelisken är borta när du läser det här. Att det kostade några oskyldiga människors liv. Att det finns de som tycker att det var värt det. Och att jag avlägsnade mig.

10 Balkongen

Min manipulerade bild på pojken i skogsbrynet sprids snabbt, även till internationella medier. Som ett resultat kämpar borgmästaren med en sviktande opinion efter bara ett par veckor i högsätet.

Bränderna fortsätter och tar hus efter hus. Strömmar av människor som flyr från de eldhärjade byarna. Saknar tak över huvudet. Familjer med barn. Äldre par. Ensamkommande. Kontaktar förvaltningen med ett förslag via formuläret på deras hemsida. Använder biblioteksdatorn igen. En av få publika institutioner som fortfarande håller öppet. Tänker på det när jag står där inne. Lukten av bokdamm. Så länge de håller öppet här, tänker jag, så länge kan det fortfarande vända.

Kan inte de tomma dagislokalerna ställas i ordning som tillfälliga boenden för de branddrabbade, skriver jag i formuläret. Vad som helst måste vara bättre än ingenting. Skickar in. Svaret kommer blixtsnabbt. En sådan lösning är otänkbar eftersom den överordnade principen alltjämt är att folk ska hjälpas på plats. Vidare, för att undvika okontrollerat förfall kommer de tomma lokalerna att demonteras inom kort. Avslutningsvis får jag ett tack för att jag gjort dem uppmärksamma på fastighetsobjekt som behöver administreras.

Hemma. Står på balkongen. Pojken och flickan sitter inne på golvet och ritar. Har fortfarande det här. Så länge förvaltningen inte upptäcker det här huset. Det okontrollerade förfallet vi lever i. Så länge de inte kommer hit med sina rivningskulor. Svingar dem mot våra väggar. Hur skulle vibrationen kännas när den stora kulan av metall träffade fasaden? Hela huset som skulle rista och protestera. Under mina fotsulor. Vibrationen.

Känner den. Hinner precis kasta mig tillbaka in i lägenheten innan balkongen helt släpper från sina fästen och rasar ner. Betong och stål som slår ner mot marken.

De ser upp på mig från sina teckningar. Gick det bra pappa, frågar flickan. Du kanske ska stänga balkongdörren, säger pojken. Så att ingen ramlar ut. I en annan tid skulle de vara i chock. Inte i denna. Här är allt helt normaliserat för dem. Här är det deras vardag.

Rakt nedanför vår lägenhet ligger föreningens textilateljé. Lyser från fönstren. Måste ta mig ner och se om någon blev skadad. Om betongstycken från balkongen studsat in genom fönstren och träffat någon. Hissen ner. Betongen som krossats och ovanpå den grå högen ligger trägolvet i flisor. Spikarna jag till slut slog i som sticker ut. Som taggar på en igelkott. Inne i ateljén en grupp äldre kvinnor. Tunikor. Gråa flätor. Jordfärger. Kliver in. Vilket brak, säger de. Dammolnet har nästan lagt sig men puffar av grått följer med mig in. Nu packar de ihop sina saker för att gå hem. Vi var precis klara, säger de, så det gör inget. Stoppar ner virknålar, garnnystan och rullar med varptråd. Drar på sig sina baskrar. Ser min frågande min. De här, säger en av dem och pekar på sin basker, har vi haft länge. Långt innan den där uslingen ens var påtänkt. Förstår att de menar borgmästaren. Men varför, frågar jag. Vi tror på att ta tillbaka baskern, säger hon. Att inte låta de jävlarna stjäla den. Det gnistrar i hennes plirande busiga tantögon när hon säger det. En glöd där som inte kommer att slockna på länge. En glöd som brinner starkare än min.

Den här kvällen oroar jag mig för att någon ska upptäcka att bilden på pojken är manipulerad. Att skarven plötsligt ska träda fram ur pixlarna. Att det ska gå att spåra vem som gjort det. Vad gör de då? Om de får reda på att de tappat anhängare på grund av mig? Vad skulle straffet bli? Är tillbaka där i cellen.

Hör ljudet av fångvaktarens rasslande nyckelknippa. Hyllan med böcker ovanför sängen. Vad skulle de låta mig läsa? Vilka böcker kommer att få stå kvar i biblioteket efter att de varit där? Vilka hamnar på bokbålen? Nu skriver de listor, tänker jag. Författare som tillåts och författare som förbjuds. En lista är längre än den andra.

9 Skolavslutning

Flickan har sin vita klänning. Har fått truga med pojken som helst vill ha sina vanliga kläder. Fått på honom pikétröja. Vattenkammat hans hår. Själv har jag skjorta igen. Efter så många dagar. Kragen skaver. Går med dem längs kajen till skolan, en i varje hand. Flaggan hissad på skolgården. Stålsätter mig. Framför mig en timmes trängsel med barn, föräldrar, farmödrar, morfäder, och lärare i ett för litet, för varmt klassrum. Äta en torr bulle och delta i meningslösa samtal. Lyssna på vad de ska göra i sommar. Kramas. Min cirkel invaderad av andras kroppar. Inget sätt att freda mig. Svettig redan innan vi är inne.

Pappan som var emot läsläxa till onsdagar kommer fram och hälsar på mig. Tjena, säger han och skakar min hand som om vi var polare. Som om våra barn umgicks. Vet inte ens vad någon av dem heter. Hur går det med tennisen, frågar jag men han ser inte ut att ha en aning om vad jag menar. Tisdagstennisen, för grabben alltså. Jaha, haha, nä han har slutat. Blev för lätt. Vi kör hästpolo istället. Man vill ju att de ska ha en utmaning. Du skulle se honom, han är livrädd. Når inte ens ner till marken.

Räddas av att det första uppträdandet drar igång. Ett klarinettsolo som pågår i en evighet. En sketch som havererar. Läraren som försöker säga något om terminen som varit och tacka för att hon fått låna våra barn men snubblar på orden. Avslutar med att hålla upp sin basker. Nu tar vi på oss de här, är ni med? Alla barn drar helt synkroniserat på sig sina baskrar. Alla utom mina. Alla föräldrar också. Alla utom jag.

När vi fikar sedan kommer en pappa fram till mig, har aldrig sett honom förut. Han har basker på sig precis som alla andra.

Strongt alltså, viskar han. Vad menar du, frågar jag. Att du kör utan, säger han och pekar på sin basker. Att du vågar. Önskar jag vore lika stark. Måste tänka på ungarna bara, de har ju ingen annan nu sen stendrottningen drog iväg. Han ser min frågande blick och ursäktar sig. Ja, min fru alltså. Sade ingenting. Ingen förvarning. Var bara borta en dag.

Så är det avklarat och vi är på väg tillbaka hem igen. Längre bort på kajen får jag syn på blomdrottningen, går där med sina barn. Försöker skynda på våra steg men hinner inte ikapp. Skymtar henne runt hörnet in på gården. Hon försvinner in genom en port. Hennes port? Vet jag var hon bor nu? Tvärs över gården. Mitt emot oss. Så nära. Så långt ifrån.

8 Nattfärja över öppet hav

Nu tar de nästa steg. Utspelet basuneras ut på löpsedlar. Alla som har kommit till staden från landsbygd och mindre städer de senaste månaderna och fått en fristad här ska få hjälp med att återvända. Muren ska öppnas och de ska ledsagas ut genom portarna, sägs det. Köper tidningen. Slår upp den utanför affären. Ingenstans läser jag att de själva har bett om hjälp. Att de inte vill stanna här.

Känner mig plötsligt yr. Illamående. Sjösjuk. Sätter mig på närmaste parkbänk på torget och känner allt gunga. Som när jag försökte lära mig simma i öppet vatten. Rörelsen i sjön som fick mina balansorgan i oordning. Vätskan i båggångarna i svängning. Går inte att göra triathlon sjösjuk. Cykla mil på landsväg med centrallinjen fortfarande gungande. Fick lägga ner de planerna. Med axeln trasig nu kan jag inte ens gå till bassängen längre. Inte följa den svarta linjen längs botten.

Sjösjuk som på färjan hem i stormen. Krängde i de höga vågorna. Isdrottningen den enda av oss som inte mådde dåligt. Gick ut på däck och stod där med vinden fladdrande i det utsläppta håret. Den strama flätan fri i blåsten. Hur hon hånade mig sedan. Hur noga hon var med att berätta om mannen hon träffat där ute. Beskrev hur han såg ut. Hur lång och stilig han var. Hur hon fantiserade om honom.

Samma färja som vi åkte du och jag femton år tidigare. Nattfärjan över öppet hav. Längst fram i den nedsläckta salongen. Försökte sova i stolarna. Ditt huvud mot min axel. Försökte att inte väcka någon med våra fniss. De tidiga solstrålarna strax innan ön kröp upp över horisonten. Väntade flera timmar i hamnen, de andra hade glömt hämta oss. Ren slump att de svängde förbi med minibussen och fick syn på oss. Bakfulla och solbrända. Det var innan vi hade mobiltelefoner. Det var innan allt möjligt annat också. En biljett för lite på hemresan två veckor senare. En för många i minibussen och jag gömde mig bakom de tomma ölbackarna längst bak. Polisen kom och drog ur kontakten till strandstereon utanför terminalen men missade att räkna oss. Ombordsmugglad på bildäck. Ett namn för lite i passagerarlistan. En som ingen skulle leta efter när vi sjönk. En drunknad utan namn. En som gjorde sitt sista år med ett vuxnare liv väntande på andra sidan havet. Klev av färjan på fastlandet. Skingrades.

Katten kommer smygande över torget. Vinglar. Stannar mellan mina fötter. Ser på mig. De gröna ögonen skelar. Drar ihop sig och krampar. Hulkar och kräks mellan mina fötter.

Stapplar hem för att sova bort illamåendet.

7 Porten

Innan middagen promenerade vi ut till vägens slut och följde stigen vidare mot toppen av berget. Därifrån utsikt ner över viken och restaurangerna där fler ljus tändes medan skymningen föll. Pekade ut den vi bokat bord på. Isdrottningen höll flickan i handen och jag hade pojken. Ingen av oss hade ringen på sig. Den ljumma luften in från havet. Alla ovana dofter. Pojken var höjdrädd där. Stupet ner mot havet. Tänk om vi ramlar ner, sade han. Det gör vi inte, sade jag. Det skulle jag inte låta oss göra. Tänk om stupet drar hårdare då, sade han. Tänk om det är starkare. Det är inte stupet som får dig att falla, svarade jag. Det är tanken på fallet. Det var vår sista resa tillsammans med isdrottningen.

Nu står vi här med stup åt alla håll men jag är inte rädd. Fokuserar på annat än fallet. På att ytterdörren ska vara låst. Att byta ut vattnet i förrådet så att det är drickbart när vi behöver det. Skapar ett lugn också, det här avskalade tillståndet. Tillvaron förenklad. Behöver inte bekymra mig om kvartalsrapporter, förmiddagsmöten eller verksamhetsplaner. Inte om att lämna pojken och flickan i skolan. Har sjuttontusen i kontanter, resten är låst på ett konto banken inte låter mig göra uttag från. Har klädkammaren full med konserver och ett spritkök under takfläkten. Än så länge har vi gott om rödsprit och jag försöker variera rätterna så gott det går.

Tar oss ut ändå. Låter pojken och flickan se hålen i asfalten. De bommade butikerna. Lyftkranarna och de växande staplarna med betongplattor. Osäker på om det är rätt. De frågar mig nästan ingenting. Bara tittar. Tar in det med tyst jämnmod. När vi kommer tillbaka är porten borta. Ett öppet valv rakt in i trapphuset. För vem som helst att passera igenom. Fri passage för den som tror att det fortfarande finns något av värde att stjäla här inne.

Minns du att vi gick här nere på håltimmarna? Då när det var ett industriområde, ett av de sista innanför tullarna. Slitna fabriker och rök ur skorstenarna. Gnisslet från rälsvagnarna. Nu finns inget av det kvar. Kanske är det därför huset protesterar. Infrastrukturens försök att återanpassa sig, följa de konservativa politiska strömningarna vi lever under. Eller så är det berget igen. Kastar sig av och an för att göra sig fritt. För att parasiten ska ramla av.

Ligger inte här heller, någon har fraktat bort porten. Städat upp. Jämnat ut kanterna runt fästet. På vägen upp i hissen frågar flickan vad vi ska äta till middag. Du ska få se vad vi har, säger jag. Hinner tänka att jag hoppas att ytterdörren är kvar. Vad gör vi annars? Om allt är borta. Vart tar vi vägen? Har ingen plan för det. Måste skaffa mig en plan för det. Vi kliver ut ur hissen. Ytterdörren kvar. Låst. Låser upp. Testar gångjärnen innan jag stänger bakom oss. Rycker försiktigt i dörren. Känns stadig. Stänger och låser. Öppnar klädkammaren och låter dem se survivalistförrådet. Efter en lång stund tittar flickan på mig. Har vi en egen affär pappa? Kan man handla här? Ja precis, säger jag. Det är vår egna affär. Men den är magisk. Det är bara vi som kan handla här, och allt är gratis. Vad vill du köpa?

Vi tog taxi tillbaka från restaurangen, för brant att promenera upp med trötta barn. En äldre man som druckit för mycket vinglade omkring utanför vårt hotell när vi klev ur bilen. Snubblade och föll handlöst. Tog emot sig med ansiktet. Hann precis få barnen att titta bort men det blöta stumma ljudet när han slog i marken nådde deras öron. Gick fram och försökte få kontakt med honom. Lade handen på hans axel och försökte hitta ett gemensamt språk. Han hade tappat sitt. Pratade osammanhängande. Hotellpersonalen störtade ut och knuffade undan mig. Ledde honom till sitt rum. Såg honom inte mer på hela veckan sedan. Borde åkt till sjukhuset. En blödning där inne i hjärnan, hela vägen ut genom de rödsprängda ögongloberna. Isdrottningen sade åt mig att tvätta händerna när vi kom in på rummet. Skummigt vatten som rann ned i handfatet, virveln åt andra hållet på den här sidan av klotet. Jordens rotation spegelvänd.

6 Taxin

Motiverar mig med att det är för din skull jag tar mig in till city igen. Promenerar förbi rivningsplatsen som sammanbinder min stadsdel med innerstaden. Berget nästan helt blottlagt nu. Solstrålar som träffar blodröd klipphäll som legad dold under körbanan under hela min livstid. Motiverar mig med att det är för dig. Att jag inte är som de andra framför mig. Nyfikna åskådare med mobilkameran redo. Att jag inte är som dem som kommer nedför branten västerifrån. Tagit ledigt för chansen att få se en tågkrasch. Förvriden metall och gnistregn. Är inte som dem. Jag behöver vara här. Behöver vara dina ögon på plats. Din direktsändning från brottsplatsen. Vi är flera hundra här. En stilla marsch. Vad ska vi få se? Vad står näst på tur efter teatern och glasobelisken? Vilka av oss applåderar nedmonteringen? Vilka av oss accepterar vad de gör med vår stad? Priset offren betalar? Finns inget sätt att ta reda på det. Ingen som vågar. Det närmaste vi kommer är våra nakna huvuden. Men hur vet vi vem som bara tycker att det är för varmt? Termometern visar trettio grader. Svettigt under baskern.

Armeringsjärn och stålbalkar. Sjok av bruten asfalt. Taggiga kanter och spetsigt stål överallt. Fällor att ta sig förbi. Längre bak i folkmassan hör jag någon som skriker till. Någon som fastnat i nätet. Spindeln som sitter längre bort och känner vibrationerna. Redo att rusa ut och spruta in sitt paralyserande gift. Noga med att bara vidröra rätt trådar i nätet, de som inte är klibbiga. Vänder mig bakåt för att se men det är för trångt mellan kropparna som kommer emot mig. Sikten skymd. Drivs framåt av andras steg. Hör bara skriket. Skriket och sedan tystnaden. Trampande sulor mot asfalt. Skränet från fiskmåsar. Slamret från grävmaskinerna som jobbar sig vidare nedåt.

Vid övergångsstället intill kungens slott svänger en vit skåpbil hastigt in framför en taxi som tvingas bromsa tvärt. Svarta spår av gummi. Taxin varvar upp och kör om skåpbilen på insidan, kommer in över trottoaren som blir till en ramp. Fotgängare kastar sig undan. Taxin voltar upp över stenkanten och ned i vattnet på andra sidan. Ligger vid ytan en kort stund upp och ner och sjunker sedan. En tyst virvel i suget efter bilen innan det blir stilla igen. Ingen här gör något för att hjälpa dem som sitter fast där nere medan vattnet strömmar in genom de otäta dörrarna. Hann inte se om det fanns passagerare där inne eller om taxichauffören körde tomt. En ensam affärsman i baksätet med portföljen bredvid sig. En barnfamilj, mamman i framsätet för att sköta betalningen, pappan och de två barnen ihopträngda där bak. Ett ungt par som turistar i staden för första gången, optimerat schemat och tagit taxi mellan sevärdheter. Ingen av oss här uppe på andra sidan stenkanten vet. Bara fotar med mobiltelefonerna. Spektakulära bilder att lägga ut i våra flöden. För följare att gilla. Glad att min ligger nedsläckt hemma i byrålådan. Att jag inte kan delta i det här.

Sett tillräckligt. Nog för att avlägga rapport till dig.

5 Brevet

Imorse hittade jag två tussar på kudden. Letade efter kala fläckar i spegeln men hittade inga. Hela kalufsen tunnare. Hårbottnen som lyser igenom. Tar emot att skriva det till dig. I dina ögon vill jag för alltid vara ung. När jag tänker på oss är vi för alltid femton år. Du har två flätor och övar fortfarande på sminket. Vi sitter under den stora ängeltavlan hemma hos dig. Vi ska sitta här tills tiden tar slut.

Hittade en film på datorn häromdagen där vi dansar framför teven i vårt vardagsrum hela gänget, dina barn och mina. Isdrottningen som filmade. Hon dansade inte. Klippet är femton sekunder långt. Spelade det om och om igen. Så nyss du var här. Så långt borta nu.

Stannar inne idag. Dagsljuset kommer in dimmigt i lägenheten genom den fladdriga plastfilmen som sitter upptejpad. Tar mer än jag borde från survivalistförrådet till lunchen. Chansar på att det fortfarande ska gå att handla mer. Att mataffären ska vara öppen och hyllorna påfyllda. När vi sitter och äter smäller det till i brevlådan. Flickan springer dit och kommer tillbaka med ett kuvert. Du har fått post pappa, säger hon glatt och räcker mig kuvertet.

Din handstil. Ur en hög med tusen brev skulle jag känna igen den.

Ska du inte öppna det, frågar flickan. Ska du inte läsa ditt brev? Jo, det ska jag, svarar jag. Jag ska läsa det senare. Jag ska läsa det ikväll.

Sitter i soffan flera timmar senare. Ditt brev i handen. Känns tunt där inne i kuvertet. Kan inte vara mer än en sida. Vänder på det. Sju gram i min handflata. Så länge jag inte öppnar det kan du ha skrivit vad som helst. Så länge jag inte öppnar det är allt möjligt. Går och lägger mig med det oläst. Sträcker ut handen och känner efter att det ligger kvar på hyllan bredvid min säng innan jag somnar. Ligger så stilla jag kan hela natten för att inget mer hår ska skavas av mot kudden.

4 Rånad

Kan du förstå mitt val att ta med mig alla våra pengar i fickan när jag går ut för att leta efter ett apotek som inte slagit igen? Att jag inte vill ta med mig pojken och flickan men heller inte lämna dem ensamma hemma med alla kontanter. Känner ett behov av att rättfärdiga det ödesdigra beslutet för dig. För att du inte ska tycka att jag är en idiot.

Mina torra hälar har spruckit och det röda köttet där under lyser igenom. Smärta i varje steg. Kommer bara att bli värre om inte jag får tag på rätt kräm. Den med karbamid som håller kvar fukt och löser upp bindningen mellan de döda hudcellerna. Hade räckt att ta med mig en hundralapp men nu går jag här med sjuttontusen i fickan. Sedelbunten tjock under tyget.

Sedan avregleringen finns det ett apotek i vartannat kvarter. Passerar sju av dem, inget som har öppet. Tomma hyllor och nedsläckt. Framme vid kyrkogården. Tvekar. Går in genom grinden för att snedda över mellan gravstenarna. På gräset sitter ett par och har picnic i solen. Hon har kort jeanskjol och vitt linne, han har uppvikta mörkblå shorts och rutig skjorta. Äter vindruvor och hånglar.

Borde vara lugnt men när jag kommit halvvägs skramlar det till från sidan. En man med stripigt, fett bakåtkammat hår har kastat sin cykel åt sidan och skyndar fram emot mig. Hans träskor klapprar mot gångvägen. Drar fram något ur byxlinningen. Något som varit dolt under den solkiga beiga skjortan. Riktar den mot mig. En pistol. Från andra hållet kommer en kvinna i blommig sommarklänning. Hon har en kniv. De trycker upp mig mot muren bredvid minneslunden. Kniven mot halsen, pistolen i magen. Kan inte göra någonting när de sliter fram sedelbunten ur min ficka. Räknar pengarna. Skrattar. Ringen också, säger de. Ta av dig ringen. Gör en ansats att visa dem att jag inte har någon ring men när jag lyfter armen tror de att jag tänker försöka slå mig loss och vräker ner mig på marken. Mannen sätter sig ovanpå mig och trycker pistolen mot min rygg. Kvinnan sliter i min arm för att få fram handen. Jag har ingen, säger jag. Ljug inte för oss, fräser mannen. Du ser jävligt gift ut. Hit med ringen om du inte vill ha bly i njuren. De bänder och sliter när det plötsligt hörs hundskall i närheten. Reser sig upp. Kastar sig på cykeln, kvinnan hoppar upp på pakethållaren och de är borta.

Ställer mig upp. Känner efter. Klarat mig rätt bra. Fingrar, tänder, knän. Känner mig inte särskilt skärrad eller ens förbannad. Inget adrenalin som pumpar runt, men det kommer att bli besvärligare nu utan pengar. Han med shortsen och skjortan kommer fram till mig. Säger att han såg allt. Att det är förjävligt. Men du vet, säger han, allt sånt här kommer att försvinna snart. Ge dem bara lite mer tid att röja upp. Frågar mig om jag vill ha en vindruva.

Vigselringarna låg bredvid varandra på byrån i sovrummet på hotellet. Tog av oss dem första dagen innan vi gick ner till stranden. För att inte tappa dem, sade vi. För att inte sanden skulle repa dem. Hon pekade på dem i förbigående när vi höll på att packa inför hemresan. De har mest legat där, sade hon och jag såg på mitt vänstra ringfinger där solen fyllt igen det vita strecket. Suddat ut alla spår.

På väg hem börjar det duggregna. Ökar och jag hinner bli genomblöt innan jag är inne. Byter till torra kläder och ligger sedan i soffan medan barnen leker. Lyssnar på ljudet av regn utanför de igentejpade fönstren. Håller ditt oöppnade brev framför mig. Droppar som slår mot plåt. Vindbyar som piskar regnet mot plasten. Läcker in genom skarvarna.

237

3 Kyrktornet

Nu står jag här under det kala trädet igen. Tyst. Inga korpar som landar på grenarna. Inget ljud av blyertspenna mot papper. Pojken med det blonda håret måste ha slutat rita. Tar de sista stegen mot kyrkporten. Det gröna koppartaket skjuter upp som en pil mot molnen. Ensam här inne. Känner lukten av smält stearin. Ljudet av mina försiktiga steg mot stengolvet ekar upp i valven. Gnisslar när jag öppnar en grind och sätter mig ner i bänken. Sommarljus in genom färgglada fönster. Nu är jag här. Nu greppar jag mitt sista halmstrå.

Sade jag det till dig, att jag sprang på honom på stan för mindre än ett år sedan? Han som började i vår klass den sista terminen. Minns du honom? Han som aldrig riktigt kom in i det. Hade förlorat båda sina föräldrar i en olycka på gården. Det var något med silon och en sprint som brast. Fick flytta till sin farbror som han inte träffat sedan han var tre år och börja i vår skola. Ingenting fungerade för honom. Inte staden, inte skolan, inte farbrorn. Han berättade allt för mig. Hur han hade stått där efter den sista skolavslutningen utan att veta vart han skulle ta vägen eller vad han skulle ta sig för. Utan mer gudstro än jag kan uppbåda nu gick han till kyrkan och satte sig ned och bad. Han visste inte vad annat han skulle ta sig till. Inget jobb, ingen flickvän, ingenstans att bo. Två veckor efter att han fallit ned på knä och knäppt sina händer hade han alla tre. Försökt frälsa folk sedan dess. Lovade att be för att jag skulle få en uppenbarelse. Sade inget till honom om att varken hans inackordering i den gamla prästbostaden, hans jobb som säljare i samfundets lokala förening eller hans fromma förbindelse med organistens dotter antagligen hade något att göra med en gudomlig intervention.

Har fortfarande inte sett något tecken på en högre makts existens. Ändå blundar jag nu. För mina händer mot varandra. Flätar ihop mina fingrar. En tyst bön om att de ska skona pojken och flickan. Det är allt jag ber om. Allt annat kan jag ta.

Öppnar ögonen. Tittar upp mot takmålningarna. Någonting där. En spricka. Växer. Faller ner grus från taket. Större och större stenar, som en hagelskur som eskalerar. Reser mig upp och kliver ut i gången. Nu faller ett större stenblock ner bara några meter framför mig. Springer nu, mot utgången. Ett annat ljud får mig att stanna och vända mig om. Tystnaden när sprickan gått varvet runt och biter sig själv i svansen. Ingenting som håller kyrktornet uppe längre. Svävar fritt en sekund och störtar sedan in och krossar predikstolen och altaret. Ur molnet av damm lyfter ett dussin duvor. Flyger upp mot molnen genom hålet.

Det är det närmaste jag kommer en uppenbarelse.

2 Ljusrör

En skylt på väggen. Skyddsrum telefon. Nedanför den bara ett rör som sticker ut. Runt rörets mynning en grov mutter. Spanar in i röret men ser bara mörker. Provar att säga någonting i det och håller örat emot för att vänta på ett svar som inte kommer.

På natten har flyglarmet gått igång. Väckt pojken och tagit med mig flickan i famnen. Nästan glömt, eller kanske förträngt, att trappan rasat och varit nära att falla ner genom det gapande hålet i trapphuset. Motvilligt kallat på hissen och klivit in. Lyssnat efter olycksbådande ljud från schaktet ovanför oss när vajrarna gått igång och rört oss nedåt mot källaren som också är husets skyddsrum.

Så många gånger jag varit här nere för att hämta eller lämna något. Alltid lite högre puls. Aldrig bekväm med att vara ensam här nere under markytan. Hållit nyckelknippan i handen som ett knogjärn. Beredd.

Inte lagt märke tidigare till att isoleringen runt vattenledningarna som ligger synliga i taket hålls på plats med hjälp av frystejp. Hinner halvvägs genom den trånga mörka gången bort mot vårt förråd innan jag minns. Vi blev av med det för tvåhundratrettiofem dagar sedan. Viker av och hittar ett annat förråd som står öppet. Här är fullt med bråte, någon som inte tömt. Längs med ena väggen står en lagerbokhylla och jag röjer undan några små kartonger. En av dem faller ner på golvet och öppnas. Tjugo år gamla hockeybilder sprids ut över betonggolvet. Guldmedaljörer och förstasäsongsspelare. Lagfoton och specialkort i relief. Ljuset från de flimrande ljusrören reflekteras i den silvriga plastfilmen som lagts ovanpå en målvakts-hjälm.

Hittar en sovsäck. Rullar ut den på ett av hyllplanen och lägger ner flickan som är tung i min famn. Pojken sitter på huk och väntar. En låda med vinterkläder. De får bli madrass åt honom på hyllan nedanför flickans. En mockajacka blir täcke. Hör dämpade röster längre bort och flyglarmet som tjuter bortom väggar av tegel och dörrar av tungt stål. Ljuset som släcks, styrs av en timer. Kompakt mörker. Så tänder någon igen och flimret är tillbaka. Lägger mig på golvet. Kallt här nere under jord trots att högsommaren pågår där ute. Makar in en uppvikt flyttkartong under mig.

Ljuset går av igen. Någon tänder igen. Så fortgår natten. Sover ingenting. Stirrar ut i mörkret. Stirrar ut i flimrande ljusrörsljus. Röster, flyglarm, eko, galler. Lagerbokhyllan som knakar när flickan sparkar till i sömnen. Pojken som vrider sig oroligt under mockajackan. Lukten av instängd förvaring och jordvåt betong. Min egen puls som söker ro i bröstkorgen. Försöker ta sig ut. Revbenen håller tillbaka. Tänker på mitt minne som börjar svika. På hur neuronerna som under för lång tid fått anstränga sig för att ta in en helt ny situation tycks börja ge upp och återgå till sitt gamla läge. Där det fanns en trappa. Där vi hade ett källarförråd. Där brödrosten fungerade och köks-bordet stod stadigt. Där det fanns en fru. En stekhet drottning av is.

Kommer på att jag lämnat ditt brev uppe i lägenheten. Hoppas att det ska klara sig genom natten. Så att jag får läsa det. Så att du får ett svar.

1 Brännässlor

I backen bredvid lekparken växer brännässlor i ett snår. Är ute tidigt på morgonen för att plocka. Skammen om någon skulle se. Passerar mataffären på vägen dit. På glasdörrarna vid ingången sitter en lapp. Stängt. Slagit igen. På grund av indragna leveranser, står det. Diskhandskar på mig när jag plockar. Tar bara de späda bladen längst upp. Blir en gratis måltid. Det är så långt jag tänker nu. En måltid i taget.

Vi fick stanna nästan ett dygn i skyddsrummet medan flyglarmet fortsatte att tjuta. Lät någon annan vara först ut. Någon annan som fick ta den första tryckvågen. De första partiklarna. Den dödliga strålningen. Krypskyttarnas kulor. Men allt var som vanligt när vi kom upp igen och ditt brev låg kvar.

Nu sneddar jag över torget hem med en kasse full med nässlor. Ingen aning om det är en lagom mängd. Hur mycket de kommer att krympa när jag kokar dem på spritköket. Gräsmattan de rullade ut för bara några veckor sedan är gul och torr. Grus och betongblock från vår balkong ligger kvar i en hög utanför textilateljén. Katten smyger omkring ovanpå högen. På jakt.

In genom portöppningen. Lutar mig mot förrådsdörren bredvid hissen medan jag väntar på att den ska komma ned. Sett den dörren många gånger och undrat. Lutar mig tungt mot den. Mjuk i knäna. Hela min kroppstyngd mot dörren och den ger efter. Faller in i förrådet. Landar på rygg på det kalla stengolvet. Kassen med nässlorna bredvid mig.

Här inne reser sig lagerhyllor hela vägen upp mot taket. Där jag ligger på rygg är det som skyskraporna som välvde sig över oss när vi klivit av bussen från flygplatsen och stod på trottoaren och stirrade upp mot himlen. Ögonen vänjer sig vid mörkret och jag börjar urskönja föremål på hyllorna. Ser brödrostar, robotdammsugare, regnjackor och guldfiskskålar. Ställer mig upp. Tar några steg in. I nästa hylla över fyrtio förpackningar av mitt schampo. Surfarschampot som inte gick att få tag på. Askar med skosnören. En ställning med läsglasögon. I ett hörn står ett nytt badkar, likadant som vårt. En tvättmaskin kvar i sitt emballage. Pinnstolar staplade på varandra. Bredvid högen med stolar står porten lutad mot väggen.

Så ser jag en hylla som ser tom ut längre in. Kliver över kartonger och snubblar till. Hittar balansen och nu ser jag att det ligger något där. Mitt på det tomma hyllplanet ligger en bunt sedlar. Tar upp dem. Räknar till sjuttontusen. Låter den ligga kvar. Vet ändå inte vad jag skulle använda dem till.

Hemma i lägenheten har jag för bråttom när jag hanterar bladen och bränner mig på de små luddiga håren. Svider till. En annan sorts hetta. Det röda nässelutslaget på armen. Fick andra märken när jag brände mig på den stekheta isdrottningen. Satt kvar längre, osynliga under huden.

0

Solstrålarna letar sig in genom sprickorna i fasaden och släpar ljus över det dammiga vardagsrumsgolvet. Det är inte mycket kvar som håller ytterväggen på plats. Lägger handen på den och känner vibrationerna. Hur väggen ger efter under det lätta trycket från min hand.

Så skälver allting till. Det händer nu. Flickan smyger in sin varma lilla hand i min vänstra och jag tar pojken i den andra. Vi tar ett steg bakåt och jag vet inte om det är på grund av draget genom sprickorna eller om det är en reflex att rygga undan för det obevekliga. Det som väntat oss hela tiden. Springan i taket växer när väggen ger vika och faller ut i ingenting. Det är obeskrivligt ljudlöst. Obegripligt öronbedövande. I ett moln av damm, puts, tegel, glassplitter och stålskärvor förvandlas vårt vardagsrum från ett sönderfallande hem till ett vidöppet tittskåp. Tre våningar upp går vi fram till kanten. Stannar där. Andas in. Står inomhus och andas utomhusluft. En stav i parketten lossnar under min fot och faller ut. Det är en taggig kant där. Barnen säger ingenting. Det är overkligt och samtidigt en lättnad. Härifrån kan inget mer hända. Här och nu är det klart.

Det är klart nu, skriver jag till dig i mitt långa svar.

Dammolnet lägger sig och jag ser ut över gården och över till huset mitt emot. Där i en lägenhet likadan som vår med rummen vända som i en spegel står blomdrottningen med sina två barn. Hon håller dem i varsin hand. Vi ser på varandra. Jag ser ner på pojken bredvid mig. Han lyfter sin fria hand och vinkar till dem. Ser upp på mig med sina stora fina ögon och av alla tillfällen jag haft är det nu jag kommer på det. Löser hans gåta.

Den blinde på den öde ön, med fyra tabletter. Två blåa och två röda. Behöver ta exakt en av varje för att överleva. Hur ska han göra? Det går en skugga tvärs över pojkens irisar när han ser upp på mig. En skugga som delar dem i två halvor. Så enkelt. Så genialt.

Elementet står kvar i vardagsrummet och repstegen ligger ihoprullad på golvet. Hänger ut den. Flickan får klamra sig fast runt min hals och slå benen runt min höft. Trots att det är ett ögonblick likt andra, när vi tar steget ut, med samma obefintliga utsträckning i tiden, hinner så många tankar passera. Så många brottstycken ur det som varit. Spiraltrappan igen. Nu kliver vi ut i ljuset barnen mindes. Jag först med flickan i famnen. Pojken efter.

Repstegen knakar och kränger under vår tyngd. Orolig för varje steg jag tar. Att nästa pinne ska knäckas och att vi ska störta ner mot högen av bråte. Planerar hur jag ska vrida mig i luften för att landa först och dämpa fallet för flickan. Rulla henne av mig för att ta emot pojken som kommer efter. Krampaktigt greppar jag repet. Inte en lång klättring men mjölksyran är där tidigt när jag håller hårdare än jag behöver. Svider surt i underarmarna. Ett steg till. Flickans röst. Ta ett steg till, säger hon. Hennes kropp så tätt intill min. Oron som läcker över till henne.

Så är vi nere. Står bland spillrorna när det isar till i magen. Brevet. Glömde ta med mig ditt brev.

Händerna på repstegen. En fot på nedersta pinnen. Ser upp mot öppningen i fasaden tre våningar upp. Kliver upp med den andra foten. Vad gör du pappa, frågar flickan. Jag glömde en sak, säger jag. Jag måste upp och hämta den. Vänta här.

Hon tar fram något hon gömt under tröjan. Jag har det, säger hon. Jag tog med ditt brev pappa. Har du inte läst det än?

1 Katten

Blomdrottningen har släppt in oss och vi står i hennes hall. Det är samma här. Samma glipor i parkettgolvet, samma plast för fönstren och samma spritkök under takfläkten. En trasig pinnstol i ett hörn. Diskhon full med odiskade tallrikar.

Jag är inte så händig, säger jag. Det gör inget, svarar hon. Men om du har en kartong du inte behöver tror jag att jag kan fixa bordet, säger jag.

Barnen går in i hennes pojkes rum. Stänger dörren om sig. Skratt som letar sig ut där inifrån. Vi går ut i köket och jag stödjer mig mot köksbänken med handen. Hon lägger sin hand ovanpå min.

På kvällen skriver jag till dig igen. Att pojken och flickan sover på varsin madrass på blomdrottningens golv. Att det kanske kan börja om här. Att det kanske går att bygga något ur spill-rorna. Men så kommer hon på att hon glömt något och går ut i hallen. Medan hon sätter på sig skorna säger hon det till mig utan att titta upp.

Jag höll på att glömma att ropa in katten för kvällen, säger hon och försvinner ut ur lägenheten. Nu är jag ensam i hennes lägenhet. Ensam med fyra sovande barn. Tar fram kuvertet med brevet från dig. River upp det. Hör hur hon ropar på katten nere på gården samtidigt som jag börjar läsa.